月之暗面

伍月 著

在抵達月的暗面之前，
願那淡藍的微光
伴隨我在夜海漂泊

前言

《月之暗面》分兩部分，前一部分是我在中國文革時的經歷，後一部分是我出國後的見聞和體會。

從文革的發動到今天，將近半個世紀過去了，恍若隔世。我經常回想起當年患難與共、心心相印的朋友們。

由於在海外的生活，我對普天下的「進城打工客」有認同。最終來美國的時候，我已經41歲了，打工、上學、掙學位，找工作、得身份，有老公和兒子，一共花了5年的時間。雖然起步遲、落點低，也算是盡了心力。

書中的插圖和封面，是我自己設計和繪製的。它們既受現代漫畫和裝飾畫的影響，又受中國古代線圖的啟發，總起來說，不求形似，但求神似。而馬怡女士對這些圖片的著色和明暗，做了細緻的加工和處理，特此致謝。

一般中國人都信命，本書謹獻給那些不願逆來順受、不願隨遇而安，有時卻偏偏要異想天開的人。

伍月

二零一五年一月

目錄

目錄

紅八月

「我此去身後無物，只有這把劍留給妳。但願有朝一日，妳揚眉而劍出鞘」。

紅八月—文革開場了

在小學讀書的妹妹回家說，邵君朗自殺了，聽了一點不奇怪。文化大革命了，像邵君朗這樣的人，出身不好，又有才，人偏偏不安分，他不自殺誰自殺？

記得是初小二年級，學校裡忽然來了個邵老師，年紀輕輕，高高的個子，是教體育的。過去同學們認為體育老師最沒本事，上課都鬆鬆垮垮的，很不重視。可這位邵老師一來，同學們好像著了迷，一節課才完，又盼起下一節課來。即使放了學，操場上一大群男生還是圍著邵老師轉，繡籃、練杠子……邵老師看上去特別的帥，其他的同學也跟著顯得挺神氣。

過了沒多久，邵老師開始兼主課。說來有點叫人不相信，邵老師教文化課比有經驗的老教師還受人歡迎呢。調皮鬼變得服服貼貼，瞌睡蟲也提起了精神。更絕的是，他總抽出一、兩分鐘講個小故事，從花果山水簾洞到那吒鬧海，從智慧的張良到憤怒的魯迅，同學們個個聽得眼睛發亮，摩拳擦掌。校領導見邵君朗確實有能力，又能和學生打成一片，就破格委任他為大隊輔導員，主持少先隊的課外活動，並對同學的品學加以監督，那時他到校還不足兩年。

一個天高氣爽的秋日，他率領我們去西山郊遊，登高眺遠，鍛鍊個人意志，欣賞祖國的大好山河。爬到半山腰，恰有一座荒廟，大家便借地歇腳。突然有個男生高聲提議：「請邵老師為我們練套拳！」話音未落，幾十名小同學齊聲響應。邵君朗並不推辭，旋即在那破敗的廟宇中找尋場地。這古廟應是多年失修，卻有幾株高大的銀杏樹直刺青天，颯颯微風一過，數片扇形小葉如金花點點，盤旋飄落，而坍塌的寶塔上風鈴搖曳叮咚。但見邵君朗在漢白玉砌就的空地上立定，同學們自動地圍成圓圈。那天他穿一身藏青的運動衣褲，兩道漆眉，一雙星目，意氣飛揚。徐徐地繞場一周，他倏然淩空而起，一個鷂子翻身；不等眾人叫好，又向前搏擊，似虎豹般靈活猛迅，女孩子們都禁不住朝後躲閃；而他卻矯健地地穩穩著地，沒有一絲響動。同學們全給鎮住了，有好幾秒鐘的靜場，然後是「邵老師，再來一個！」的歡呼。從那天起，邵老師便成為我們每人心目中的英雄。後來，他成立了航模小組、讀書會、舞蹈班；夏天帶我們去游泳，過節組織詩歌朗誦；平時或做家訪，或找同學談心。我們小學變了樣子，課上課下，師生都很活躍，一派興旺的景象。當然，邵老師成為學校裡上上下下交口稱讚的人物。

這邵老師人也生得出奇：挺拔的劍眉高高地挑入鬢角，鼻樑挺直，眼睛秀氣而有神采；他常把鬍鬚刮得很淨，使他的臉看去白裡泛青，帶一股幾乎陰沉的英氣；而近眉心卻埋在眉尖的一顆黑痣，又使他顯得略有心思。他尤其成了男生崇拜的對象，他們課上爭著為他答題，課下又搶著向他提問，哪個受到邵老師的表揚，就好像三生有幸似的。各年級拔尖的男生，更把邵老師當作精神領袖，常常三五成群，聚在他的單身宿舍裡，通宵海聊。就連邵老師的衣著：海魂衫、白布襯衣、藍斜紋褲，都有人爭相仿效。雖然個別老師對邵君朗有看法，但邵老師在大多數人中，特別是在同學中，威信特高。

有一晚，我和白玉回學校取筆記本，校園空蕩蕩，教室靜悄悄。忽然，從操場後的梅園裡，傳來一陣悠揚的簫聲。白玉跟我探出窗戶，只見外面春月融融，疏影橫斜；但聞那簫聲如縷，時清越幽遠，時宛轉低回，彷彿雲外歌聲。我倆站在那兒聽呆了，直到白玉心血來潮地要奔出教室去尋個究竟。其實，除了一個看門的老工友，長年住校的只有邵君朗，而如果不是他，誰人能吹得這手好簫？我又驀然想起，他辦公室裡確有一管洞簫，儘管同學們和其他老師多次慫恿，他總是笑笑推辭。一貫落落大方的他，從來沒有當眾吹簫。於是我一把拉回白玉，讓那飄搖悱惻的簫樂留在淡黃的月色和溫馨的夜氣裡。

物換星移，學校裡又來了位女校長齊鸞，取代了為人忠厚的老王校長。據說齊校長的丈夫在部委裡有權有勢，她本人則三十上下，面皮白淨，細眉細眼，配上那單薄的身子骨，看去饒有風姿。然而，她的目光倨傲而冷淡，一般師生都對她有幾分畏懼。這齊校長雖有派頭，對邵君朗卻另眼相看。她與邵晤談工作，一談就到深更半夜。邵君朗更積極地協助新校長工作，單單突擊考試、突擊衛生就搞了好幾次，使我們學校在全區奪標，甚至全市榜上有名。如此，齊校長把邵君朗提升為教導主任。如此，邵君朗也就成了邵主任。

那天清早，全體師生提前到校，進行課前大掃除。因為要趕在八點前掃除完畢，人人都很忙碌。這時候，邵主任扈從著齊校長「駕到」，大家馬上停下手裡的活兒，恭敬地向他們問候。我管擦玻璃，還坐在窗臺上沒跳下來，跟其他趨前致敬的師生相比，顯得格外刺眼。齊校長輕挑了挑她的眉毛，示意我下來，接著抖了抖我的紅領巾，一根修長的手指差點戳到我臉上，「楊惠呀楊惠，妳不能成績好一點就自以為了不起，尊重師長更重要！」接下來一陣沉默，似乎等著我向她賠禮。我沒吭氣。這時，我耳邊響起邵君朗的聲音：「楊惠，妳應當向齊校長承認錯誤」。其語調雖溫和，卻透著壓力。我不聽則已，一聽就再也忍不住早在眼眶裡打轉的淚水。我歷來是個好學生，沒想到今天當著大家，受到主任和校長的聯合批評……我轉身就跑。那個學期，我的操行評定：「良」；在今後的注意事項裡，給我的評語是「要謙虛謹慎，戒驕戒躁」。從此，我對邵君朗的敬意打了折扣。

開學以後，我不再主動向邵請教疑難，他也不再從幾十條高高揚起的手臂中偏偏挑出我來回答問題。不過他並不曾給我「穿小鞋」。我跟邵君朗的關係就這麼一直僵到我小學畢業。到那時，我們的小學已從醜小鴨化為天鵝，從前是平房的校舍被兩棟新樓替代，上級更不斷撥人撥款，要把小學變成一個試驗的教學園地。誰都不能否認，邵君朗為此立下汗馬功勞。他已升為副校長，傳言他即將調往區教育局。

小學畢業報考中學，是畢業班全體師生和校領導的重大課題，也是各校之間的必爭之地。升學率的高低，升重點中學率的高低，決定著學校的聲譽、家長的擁戴和上級的褒獎。毫無例外地，邵君朗又是這場激戰的統帥。他組織了無數次的模擬考試，甚至加大考試的內容和難度，讓考生更適應臨戰實況。在歷次預考中，我總名列前茅，但從未受過邵校長的表揚。

大考終於到了，我胸有成竹。第一天考算數，我出來對過道裡公佈的答案，知道我會得滿分。第二天考語文，要求默寫「木蘭辭」，並翻譯成白話文。我沒用一半的時間就答完了考卷，乾坐著等候機會交卷。考場氣氛緊張，教室裡鴉雀無聲。忽然間我感到有人站到我背後，我的直覺告訴我這是邵君朗。我心裡一下子毛起來，不自覺上下串我的考卷「……萬里赴戎機，關山度若飛。將軍百戰死，壯士十年歸……」沒錯呀，怎麼啦？可邵君朗還是不走，我的手心開始滲汗。唉，沒啥了不起，他不過是詐唬我。我定了定神，卻猛地發現我把「壯士十年歸」的「十」，寫成了「一」，嗨！我往「一」字上重重地劃了一豎，於是邵君朗緩緩移開了腳步。交了卷，我把書本、考試這一套統通丟到腦後，跟白玉她們一起登上十米跳臺，一頭紮進清涼的什剎海。一個月後，我接到錄取通知書，我以雙百成績考取了第一志願。

小學畢業後，我一直沒有回去過，直到小妹班上開家長會，媽媽出差由我代為出席。那是個宜人的六月的黃昏，我穿上最能代表我身份的女附中的校裙，回到了一別三年的母校。我一進主樓的大廳，迎面就撞見了邵君朗。落日的餘暉透過西窗映著他的臉，顯得不尋常的柔和。他的目力依然很強。我只好硬著頭皮，上前喚一聲「邵老師」。一縷笑意掠過他的嘴角，他似乎並不介意我沒有稱他「邵校長」。我知道他仍舊是副校長，也知道齊鸞已升調教育局。我開始解釋我是來開小妹的家長會的。邵君朗注視著我，卻詢問起我報考高中的情況。當我告訴他我在實驗班直升高中時，他臉上硬朗的線條又一次變得明朗，其實他一直都很關注我。這是我最後一次見到邵君朗。

文化大革命爆發了，小學第一個揪出的就是邵君朗。頭一頂帽子是「推行修正主義教育路線的急先鋒」，接下來的則是「漏劃地主」、「階級報復」，乃至「雞奸犯」等等罪名，越來越駭人聽聞。老百姓本來就恨當官的，現在上頭放話兒讓鬧了，那勢頭馬上火燒火燎。而誰又能料到毛主席他老人家的心思呢？所以，在「紅八月」以前，各單位彈打的都是像邵君朗這樣的「出頭鳥」。約有兩個月，他白天挨打受罵，晚上被圈進學校的地下室。

在八月的一個早晨，他設法鑽出牢房，沿著煙囪的鐵梯，一直爬到四樓的樓頂。這時師生們已經陸續到校，見房上站了個人，人群馬上聚集起來。等看清楚站的是誰，人就越擠越多。有人怕出事，想進行勸阻。向來不愛多管閒事的地理教員孫朴木，哆哆嗦嗦扒上圍牆，顫巍巍地吆喝：「唉，老邵，我說，邵君朗，你先下來，有話慢慢說！」但他那嗡嗡叫，幾聲淒厲，幾聲抽泣，早被革命群眾氣壯山河的口號所淹沒：「坦白從礦，抗拒從嚴！」「邵君朗膽大包天，負隅頑抗，絕無好下場！」呼聲一浪高似一浪。只見邵君朗從房頂慢慢移向房檐朝下望了望，似不想給看熱鬧的眾人更多的樂子，遂縱身一躍，一個「倒栽蔥」摔下來，當場斃命。邵君朗身後留下一位新婦。而邵死有餘辜，那婦人加入其他革命群眾，對他繼續進行口誅筆伐。

當天，自我得知邵君朗身亡的消息，心緒一直不寧。捱到半夜，熱風仍攪拌著街上喧囂的鑼鼓和高音喇叭：「打倒……！」，「……大好！」我煩亂起身，關窗拉簾，把涼席扯到地下，才漸覺有點涼意。不想，一絲冷嗖嗖的夜氣由窗戶縫裡滲入。好奇怪，大三伏天的，怎麼會這麼涼快？我推窗一望，鵝毛大雪撲面而來，方才的噪雜全都隱去了，遠近只聽見孩子們嬉戲的歌聲和笑聲，就像小時候快過年了一樣。我不由得步出門外，鉛黑的天幕上，雪花紛紛揚揚，如團如簇，急切地近乎熱烈地往下傾注，已辨認不出房屋街道的輪廓了，放眼盡是個銀裝的世界。

須臾，我進入一片荒原，渺無人跡，只有白茫茫無垠的大雪。突然，遠處似有一間草亭，亭間又似有一隻模糊的身影。我疾步趨前，定睛一看，竟是邵君朗立於其間：修長的身材，依舊那白裡泛青的臉色，依舊那透著英氣的眉宇，只是丈把長綾，一身縞素，甚有肅殺陰森之氣。我驟然想起小妹白天提到他已自殺，莫非是謠言？莫非他已心回意轉，或者尚拿不定主意？……說時遲那時快，邵君朗「嗖」地亮出一把寶劍，寒光閃閃，一副不得近身的架勢，一副凜然不可侵犯的神情。我急急上前，輕聲喚：「邵老師，是我，惠惠」。他不動聲色。我又進一步：「這回運動，涉及的人極多，希望邵老師一定要想開，別跟那般小人們計較……」我正準備以司馬遷為例，說明忍辱負重並不等於忍辱偷生，他卻踱起步來，沉聲道：「惠惠，我去意已定，妳不必勸我。我是咎由自取。」他既而停下，雙手倚劍，仰天長歎：「這些年來，我為了些微名利，為了滿足個人的欲望，做了多少妥協和自我背叛，我都認不出自己來了！」我暗驚：什麼「自我背叛」？什麼「個人欲望」？是不是大字報上指控的與齊鸞的事？甚至是指跟男孩子們的曖昧關係？我腦袋大起來，試圖保持鎮定，倒聽他的語氣和緩下來：「我為何在這亭間止步，本來我也不甚了了，似乎我對這塵世還有所眷戀。直到見妳來為我送行，方才釋然了」。言罷潸潸然。

我見狀悲從中來，回想當初我對他的崇敬，他對我的器重，痛煞這世間的真善美只一天天受糟毀，幾乎蕩然無存。我知道邵老師並非完人，可他卻真能做到粉身碎骨，以抗強暴，始終都是驚世駭俗。我覺得此刻的他比以往任何時候都更高大真實。為什麼當世間之物最接近于完美時，便行將消逝呢？邵君朗見我一臉的不甘休，頗有他少年時的認真與執著，轉而厲聲道：「我不能再苟且下去了！如果今天我用『留得青山在』之類的遁詞為自己開脫，明天我就得跪在地上，像賴皮狗一樣討饒，給自己和別人臉上抹黑！我這一去，多少也算成全了自己……」話猶未已，一陣陰風襲來，他秀美的臉龐頓失血色，我不禁大驚。邵君朗搖搖頭，珍惜地托起我的手：「我此一去身後無物，只這把劍留給妳。惠惠，記著，不要說違心的話，不要做違心的事。也許能有一天，揚眉而劍出鞘……」我淚如雨下，不由自主地屈下雙膝，長拜，鄭重地接過那把沉重的寶劍。

待我放眼望去，他已了無蹤影，只剩下一片雪白乾淨的大地。我一骨碌坐起來，說不清是醒還是夢。

邵君朗辭世時，不過三十歲，不過任一所小學的副校長。我長大以後，東西南北的，也有了一些見識。但偶遇英才，我總不免想起邵君朗。他是一位有感召力的人，在有限的環境裡，他帶動了整個學校，幾乎給每個學生留下了印記。他又是一位心氣極高的人，憑著一股氣，他去做人做事。沒了這股氣，生命也就沒了意義。他不能讓別人隨便奪去這股氣，於是當泰山壓頂時，他就寧可懷抱著這團精氣，像一道紫光，消逝在天際。

中國有句古話：「士可殺而不可辱」。古往今來，還剩下幾個士？歲月如流，如流的歲月吞沒了多少人的心志，雖生猶死。

再大的風暴也有盡頭。文革後，在旅客穿梭的首都機場，我偶然碰見一個同班的男生。當初他在班上成績平平，後來靠自學成才，在社會上小有名氣。他已長得膀大腰圓，可一提邵君朗，竟鼻子一酸，濺下了淚：「邵君朗是我的恩師！我胡某能有今天，全仗著邵老師當年的栽培！」也不顧過往行人投來的驚奇目光，他失聲繼續：「不知道他們把邵老師的屍骨扔到哪兒去了，要不然，還真得去他墳上燒把紙呢！」我聽了胡的話，半晌無言。

（1995年）

忘年
沒想到他的勁兒還真挺大，還真的把我給抱起來了。 我倆在屋子裡轉啊轉，笑得都透不過氣來。

忘年—大姊姊和小弟弟

原原小時候虎頭虎腦的，可我知道等他長大以後，一定會是個漂亮的男孩。

當時我是中學生，他是小學生，那還在「戰猶酣」的1967年。原原老屁顛顛兒地跟在我後頭，因為我想跟他的哥哥峰峰好，所以也就讓他跟著。

劉雲阿姨和我媽一起去的延安，我們兩家的大人孩子都挺熟。運動裡，我是個「逍遙派」，逍遙就是不參與。我倒是常去看劉雲阿姨，常去她家裡玩。可峰峰在大學裡鬧革命，所以，就算到了他們家，頂多也只能跟原原玩。原原管我叫大姐姐，多半因為他們家都是男孩兒，想認個姐姐什麼的吧。原原說他勁兒特大，可以把我抱起來。我不信，他就試給我看，結果還真讓他給抱起來了！他抱著我在屋裡不停地打轉兒，我們倆一齊笑得透不過氣來。等他把我放下來，又說我的脖子長得像天鵝。你看看，這麼小的年紀，他已經學會說胡話了。

一天，我在他家吃完午飯打個盹，他要和我一起睡。拿他當小弟弟，我也就答應了。睡著睡著，他突然說：姐姐，我能聽見妳心跳。其實，那只是正常的心搏。我們當時都很單純，但我想原原比我更單純。於是，我建議一起去公園。於是，我倆騎車去了天壇。只記得天色灰濛濛的，別的什麼也記不清了。

峰峰是個軍工的大學生，後來跟別人好了。那女孩的爸爸開槍自殺，但是個將軍什麼的。也許我和峰峰根本就沒緣。

七、八年以後，原原和我都成了「工農兵學員」，他是「小的」，而我是「老的」。這時我已有了男朋友，估計他也該有女朋友了。原原專門來我家找我。果然不出我當初所料，他已經是一個很像樣的大人了。多年不見，他劈頭就問：妳為什麼不和峰峰好了？我只好實話實說：是峰峰不跟我好了。他好像沒聽懂。原原人也不傻，怎麼連這點筋都轉不過來？

事隔三十多年，才偶然聽說原原後來去了南方，踩在點子上，大發了；接著又去海外，當上「老總」，越做越大；再後來，卻遭牢獄之災。據說，他倒不是為了一己私利，而是為了公司的運作，為打通關節挪用了公款。虧著他的子女還行，大的在頂級的銀行裡做事，小的也進了名校，只是怕連中國話也說不大利索了。

昨晚做了個夢：原原跟人打架，受了欺負。我想護他，可沒有護成，就醒了。等醒來後起身，又覺著挺好笑：你這是瞎著哪門子的急？

（2011年）

南寧—黑幫子女

南寧

我瘦得像根麻杆，她卻婀娜有致，一上街，人過回頭，馬過下鞍。

南寧——黑幫子女

初見南寧，是經白玉的介紹。那是一個暮春的傍晚，在玉淵潭畔。遠遠望去，南寧身材小小，和那時代所有的女孩子一樣，她上著白襯衣，下著綠軍褲，只是一頭短髮留得稍長，不得不用根皮筋束在後面。白玉一如既往，高談闊論，南寧話卻不多。暖風不斷吹亂她的柔髮，瀅瀅的湖水映著她總含笑意的眼。我們彼此沒過什麼話，只記得臨分手，她輕聲細語對我說：「以後有機會再見面」。

才過了幾天，又是白玉，氣急敗壞地來找我，好像天塌下來似的，連聲道：「不好了，南寧家出事了，爸爸媽媽全自殺了！」我一聽，心裡撲騰了一下。按說文化革命正在節骨眼上，上至國家主席，下至商店賣菜的，人人被揪，個個挨打，自殺、他殺本不是新聞。可是有關南寧的這個消息，還是讓人感覺命運的蹊蹺。南寧本是位烈士子弟。她的生身父母，在國民黨的心臟機構工作，日夜拍發密電，將敵方的絕密情報送往延安，直到解放前夕，夫妻雙雙被敵人秘裁。建國以後，南寧被送到革命烈士孤兒院撫養，那裡的物質條件雖不差，但無親無故，無依無靠，天生早慧的她，遂養就特重感情的性情。到她五歲的時候，有一對老共產黨員夫婦慰問孤兒院，見南寧生得這般惹人憐愛，將她收養下來。從此，南寧成了「革烈子弟」加「高幹子弟」，地位十分優越。趕上文化革命，「血統論」盛行，作為「紅五類」的尖子，南寧的身份顯然更加尊貴。可那是一個禍從天降的年月，只一夜之間，南寧養父母幾十年的革命功績付諸東流，南寧便再一次成了孤兒。

白玉心腸熱，她說南寧家遭遽變，作朋友的不能袖手旁觀，何況南寧一個女孩子家，會更有難處。於是，她拉了幾個人匆匆趕去探望。我雖只見過南寧一面，竟也算作其中之一。南寧出來接待我們，靜靜地，似看不出有什麼變故。她就事論事地告訴我們，人被搬走了，有關的房間也封了。但我記得，當她提到「媽媽的眼裡還含有淚水」時，遠山一樣的細眉微微有些顫動。她家的住宅很大，空空蕩蕩。想到南寧嬌嬌女一個待在這裡，確實怵得慌，白玉決定我們都留下來陪陪她。當然她家的司機、警衛員、勤務員馬上都撤走了，只剩下一個炊事員老彭，因為跟隨南寧父親多年，仍舊留了下來。無奈巧婦難為無米之炊，幾天下來實在撐不下去，便向南寧要了些錢財，方才告辭，也算主僕了一場。稍後，白玉等見南寧處無事，便紛紛離去，最後就剩下我一個人，與南寧廝守。

南寧家處西郊，在從前的御苑，照當時的概念，離城很遠，周圍又環繞著稻田與荷塘，夏風送過來一陣陣蟬鳴、藕香，好像超脫於喧囂的塵世。可我仍舊心煩意亂。當時我父母被隔離審查，本人沒學上、沒工作；有一陣子，不但要忍受報紙電臺無止無休的宣傳轟炸，還得一次次與百萬群眾湧上街頭，為毛主席的「最新」的「最高指示」歡呼。我真恨不得找到一塊淨土遁世，哪怕是遠在天邊。把一本地圖冊從頭翻到底，我終於挑出了伊寧、百色兩個鎮子，指給南寧看：「你說我去哪兒更好？」她搬過冊子，發現一個在新疆，另一個在廣西，都是犄角旮旯的地方，好像要成心氣我似的，她有板有眼地：「普天之下，莫非王土；四海之濱，莫非王臣」。我登時沒了情緒。

那是一九六七年，林彪、江青等正甚囂塵上。眾百姓看去，是不想言也沒有怒，真是風雨如磐啊。突然間，一位權傾一時、紅得發紫的大人物暴卒。南寧不知從哪兒弄來幾隻螃蟹，生薑調醋，又配上黃酒，我倆美美地餐了一頓。席間，她拎起一隻最肥的笑道：「看你橫行到幾時？」

我們常常「日出而息，日入而作」，幾乎不出門。偶有路過的朋友，捎來幾份小報，才略知「亂哄哄你方唱罷我登場」的天下事。面對今天「楊余傅」，明日「王關戚」的起起落落，南寧一言以蔽之：「狡兔死，走狗烹」。我注意到她略去了「飛鳥盡，良弓藏」。

一夜，我倆守著一盞孤燈，聆聽古曲「流水」。樂聲遠逝，兩人沉默良久。她忽然悄聲說：「我其實是個『國粹』」。我問：「這話怎麼講？」她答：「妳聽這曲子，不像西洋的歌劇、交響樂，有序曲、終曲，有高潮，卻似高山流水，無始無終，而源遠流長，有如中國的歷史。想想古埃及、古希臘、羅馬，甚至日不落的大英帝國，今天它們都在哪裡？別看蘇聯、美國狂，過幾十年、幾百年它們都弱了亡了，中國依然存在」。我哼了一聲：「百足巨蟲，死而不僵」。南寧的小拳頭早已捶到我背上：「假洋鬼子！」我對國人的妄自尊大、固步自封素不以為然，但南寧的貌似不正統實為正統，倒教我對比當時社會上那一大幫子假惺惺的正人君子。

南寧的父親生前留下一些手稿，大都被機關的造反派抄走。南寧設法保存了幾十頁，涉及黨內自二十年代起的派系鬥爭。我看不懂其中的來龍去脈，至今留下印象的只有一句：「四二年整風，丈二高牆，隔離反省」，似直指康生。造反派喜歡寫大字報，也喜歡抄手稿，卻不認得宣紙的價值，這可讓南寧和我鑽了空子。文革前，小學生要練大字，有些家教的孩子還臨字帖，文革時這當然不時興了。話說回南寧學的是柳公權，我學的是顏真卿。柳體本來就俊逸有風骨，加上南寧生就的靈氣，一筆字寫得輕盈娟秀，呼之欲出。因為南寧總拿我開心，我也想伺機反戈。於是嘻嘻笑道：「趙飛燕」，心想這回我可拿著你了。不料她馬上反唇相譏：「楊玉環」，以諷刺我「富態」的顏體。自此我知道與她鬥嘴，我是占不到便宜的。實際上南寧的身段婀娜有致，我卻瘦得像根麻杆。人總是追求與自己相反的東西。

女為悅己者容。以後細細想來，我從未見過南寧穿戴重樣的服飾。那年頭不可能有什麼新潮打扮，但一根裙帶，一支髮夾，就給她平添萬種風情。以南寧的素質與背景，裝束很有分寸，而我倆偶然一同上街，人過回頭，馬過下鞍。開始我還有點狼狽，後來也就習慣了。人和人生得就是不同嘛。

由於與南寧形影不離，漸漸與其他人的往來疏淡。一天晚上，表哥來找我，小妹說我去南寧家了，他不禁告誡：「這年頭跟人來往不能大意，尤其是有些男的不安好心」。看來表哥是多心了。不料某日，白玉也向我進了一言：「南寧跟你這麼熱乎，甭有啥別的意思？」說完還向我擠擠眼，我沒搭喳兒。剛到南寧家時，我與其他女孩一起，被安排在客房裡。後來南寧讓我到她的臥室去，我說住慣了，懶得挪窩。她則乾脆拉了張床墊子，來與我同住。一晚，半夜過後，我忽然感到前額被親吻，面頰也被輕輕摸觸，當然是她了。我心裡不禁嘀咕：「就是『聊齋』裡的小狐精也不過如此！」翻過身子不去理會，一夜便也無事。

又一夜，近中秋時節，南寧因白日勞頓，早早睡去。不知是月光太亮，還是我的心海漲潮，那晚我很興奮，不能成眠。南寧依然睡在地板的床墊子上，只是頭隱沒在濃重的陰影裡。我們從來不拉窗簾，許是想借萬點星光，與宇宙聯繫。儘管窗外全是蔥郁的常青樹，而因窗戶極高，室內依舊月光流瀉。那月的光華有如一支畫筆，順著她靜睡的身姿，勾出一尊象牙雕塑的曲線。

我總是心事浩茫，這點南寧比誰都清楚。所以當我提出要到泰山腳下拜師學醫，她並不多言，反倒替我籌措盤纏。直到我登上東去的列車，才感到心有不忍，可她那張若有所失的臉，已消失在熙來攘往的人群裡。幾周後，我求師不成又返回北京。當我聽說南寧已和趙延平結婚，並且是去山東蜜月旅行的消息時，我簡直不相信自己的耳朵，一賭氣兩天沒跟人說話。顯然南寧是對我留了一手。

趙延平，是某學院第一個跳出來給黨委貼大字報的造反派，當然他馬上被打成反革命。南寧當時是大一的學生，她覺得趙只不過給領導提了點意見，就遭到全校的口誅筆伐，未免過分。「應當讓人把話說完，不要亂扣帽子」，她居然站出來替趙延平辯護。這下可非同小可，南寧自己也幾乎當了「反動學生」。從家長、院領導，到老師、同學人人對南寧進行「挽救」。不料南寧有股擰脾氣，壓力越大越來勁，她和趙延平反被壓成了一對情侶。她曾告訴我，當時覺得哪兒都又冷又陰，只有跟趙延平在一起，才感到頭頂有一片陽光。不多久，毛主席的「炮打司令部」的大字報發表，造反派都變成「英雄」，院領導和大多數群眾則變成「走資派」和「保皇派」。而趙延平一得勢，便漸漸失去了作英雄的魅力。「我總是同倒楣的人在一起」，南寧調皮地指指腦後，「這裡有塊反骨」。怪不得我倆意氣相投呢。然而，她竟冷不丁一百八十度大轉彎，與趙閃電結婚。看來我同南寧已分道揚鑣了。

又是一個初夏，夜風習習。我在林蔭道獨自徘徊，看著路燈下的樹影錯落有致，且不斷變換圖形，倒十分有趣。突然間，一隻黑影由路邊閃出，擋住了我的去路，我一下子緊張得頭皮發麻。那人自報姓名：「別慌，我是趙延平」。我鬆了口氣，帶上幾分好奇，就著不明不暗的光線，開始打量這鼎鼎大名的趙延平。他肩膀很寬，眉宇間似有一股英氣，但鼻唇之下露出明顯的霸氣與濁氣。我正暗忖南寧怎麼看上了他？他卻開門見山：「南寧要跟我離婚，聽說妳是她最好的朋友，特來向妳求救」。我把話一擋：「你說我是她最好的朋友，怎麼連她結婚都不知道？」趙延平被噎了一陣子。但他絕不是個輕易打退堂鼓的角色，抖抖精神還是留下話：「幫幫忙吧，我趙某也不是忘義的小人」。聽那口氣，倒有綠林好漢要把壓寨夫人搬請回山的架式。

至此，我的氣消了一半，畢竟是我先棄她而去。「往之不諫，來者可追」。幾天後，南寧又來找我，我倆誰也沒提趙延平一字，好像此人在這世界上根本不存在似的。可是，南寧的情緒變得更反反覆覆，捉摸不定，我不禁為她擔心。有一天我見她獨自發怔，便過去輕輕推了一把：「怎麼啦？」她掉轉身來，神情極為幽怨，反問道：「妳說他們要是我的親生父母，他們能就這樣撒手而去麼？」我竟一時無言以對。

儘管我們有機會一聚時，仍像當初一樣手舞足蹈，悠然心會，可我與南寧的相聚畢竟較從前稀少了，她則開始跟一大幫幹部子弟來往。雖然我也算個幹部子弟，但我和這些人在一起時並不自在。這是一群俊男美女，一個個生得粗眉大眼，氣色極佳；身著老爹老媽留下來的細呢軍服、粗呢軍褲，腳蹬馬靴，招搖過市，頗像京戲裡的武旦、武生。有一天，我見南寧也披一襲黑色大氅混在其中，卻好似一個女扮男裝的英俊小生。南寧並不把這些人放在眼裡，呼來喝去的，還不時說些惡意的小玩笑尋開心。眾人雖聽不甚懂南寧玩笑的真意，卻也都跟著呵呵地笑。他們常出入于「老莫」、「康樂」等餐館進行社交，我覺得沒多大意思，漸漸地失陪了。

就在這個時期，南寧認識了莊羲，兩人很快便搞得難解難分。這莊羲也是個「老兵」，可與南寧從前來往的人不盡相同—他是個默默無聞的人物。儘管白玉在學院裡交遊甚廣，對莊也知之極少，只謠傳莊羲幾乎把南寧鎮住了。難道是一物降一物？後來更聽說，南寧被莊踹掉，感情上不能自持。此時我也陷入了個人糾紛，自顧且不暇，以致最後倉皇出逃，行前未與南寧道別。

我到塞北農村接收貧下中農的再教育，當「赤腳醫生」，以洗心革面。兩年後被送回北京上學。還是托白玉的關係，我與南寧又會了一面。她依舊是個十足的美人，告訴我她在外事部門工作，是位當紅人物的助手。見我面露困惑，她解釋說：「反正她利用我，我也利用她！」談話間，她又提及某某大將的兒子，某某元帥的孫子，甚至某某軍區的司令員，我聽得不是滋味。南寧那麼靈醒的人，一見我不做聲，那秋波蕩漾的明眸也閃過一絲陰鬱。我倆都自覺地避開了這個話題。我則向她敘述我的山窮水盡，柳暗花明；還如實稟告，我甚至名正言順地有了「對象」。南寧與我，極力相好如初，而談話並不投機。

過了兩年，「四人幫」倒了，又一次天地翻覆，紅的變黑，黑的變紅。在一次展覽會上碰到一位女士，記得當年她極巴結南寧，好似大觀園裡的丫頭伺候主子，想必她知道南寧的近況。閒聊幾句後，我問起南寧，不料這女士臉一沉，似乎受到多大的羞辱。我知趣地沒有追問。之後才隱隱聽說南寧混得很慘，下到「幹校」，又得了腎炎，人老得不成樣子。我聽罷心裡沉沉的，希望這只是嫉妒她的人散佈的謠言。南寧素來是個有爭議的人，有人稱她為「尤物」。在我心目中，她只是一個美麗的女孩。她的生身父母為她取名「貝貝」，一定有至親至愛，至寶至貴的意思。多少年過去，我仍記得她讀安徒生童話時的情景：她一頭軟髮披肩，眼神純得像個嬰兒。

我後來跋涉巴山蜀地，黃河盡頭；又遠渡重洋，先西歐，後北美。碌碌人生，少有閒暇。直到近年才安定下來，相夫教子，盡享天倫。日子本來過得安安生生，日來不知何故，晚間一闔眼，南寧就找上我來。也許她那邊有什麼事？要說我惦記她，我滿可以寫封信或去個電話，至少白玉會打聽出個下落的。可一到白天，事情就全沒了，所以就這樣懨懨地無所舉動。今夜，月朗風清，似見南寧冉冉由月下走來，遂悵然命筆。

（1996年）

相信未來—老紅衛兵

相信未來
春生像個大孩子， 總以為大人們不會唬他。 他真心地朗誦：「相信未來」， 在少男少女中有許多「粉絲」。

相信未來——老紅衛兵

文化大革命那年我十八歲，一天紅衛兵也沒當過。而當時我大多數的朋友都是紅衛兵，於是我也成了紅衛兵的朋友。

記得第一次遇見春生是在紅衛兵的創作會議上。（名稱怪唬人的吧？可那年頭動不動就是「司令部」、「總指揮」的，所以沒人見怪）。春生在會上大聲疾呼：「要捍衛紅衛兵的歷史地位！」我聽了直納悶：什麼歷史地位？是打人還是挨打？那是67年的夏天，雖說紅衛兵還鬧得紅火，在上頭的眼裡卻不怎麼吃香了，因此才有這「捍衛」一說。

不過春生本人給我的印象不錯：高高的個頭、紅紅的臉膛，樸實欣旺得就像北方莊稼地裡的高粱。入秋後，他來找我，鼻青臉腫，門牙缺失。捂著漏風的嘴，他往地上啐了一口：「我操他奶奶的！都是那幫『雷子』幹的！」對那幫小人十分蔑視。原來春生受朋友牽連，被局子抓去審問，他寧可吃皮肉的苦頭，也沒出賣別人。我對春生鬥志昂揚的紅衛兵戰歌並不感興趣，倒覺得他這個人挺仗義。

轉眼冬去春來。在一個寒風料峭的陰霾天氣，春生約我同赴「文藝沙龍」。我們一路來到海澱某附中，先在主樓裡虛晃了兩下，隨即拐進一間不起眼的小教室。推門一瞧，滿屋子的「和尚」，包括剛加入的春生，只有我一個女生。路上春生已跟我打過招呼，今天要見兩位特別的人；陽陽和鄧白。陽陽我久聞其名，他文革前就是文藝院校的大才子，工詩善畫，人又風騷。文革初，他散佈了一些對江青不敬的言論，被打成「現反」，由駐校的「工宣隊」關押。後來各院校打「派仗」，「工宣隊」忙得顧不上，陽陽逃了出來，成了局子揚言要捉拿歸案的「在逃反革命」。鄧白則因幾年前參與以孫經武、郭世英為核心的「X社」，作為小小年紀的中學生，在文革前就成了「戴帽」的反動學生。

（「X社」組建于六十年代初的困難時期，當時有極少數的高幹子弟和高知、高職子弟定期在北大聚會，探討中國的未來。所謂「X」就是未知數，據說卻因為與赫魯雪夫名字打頭的俄文字母相似，孫、郭等人的結社遂被打成要走蘇聯修正主義道路的反動集會。孫（軍人）受軍事法庭審訊後，不知悔改而入獄；郭則被北大開除，下到河南農村勞改，文革中身死，死因不明。他們由於郭沫若夫人的檢舉而獲罪，當時是周恩來親自下的逮捕令）。

話說一九六七年初「反擊『二月逆流』」以來，北京中學「老」紅衛兵已被通稱「聯動」，與首都大專的「一司」、哈軍工的「造反團」一起被中央文革定為反動組織。其中的重要成員逮的逮、逃的逃，一時間黑雲壓城，人人自危。京城裡的「老兵」多半出身幹部家庭，文革前的正統教育和他們的既得利益沒有衝突；現趕上文革，父母被揪，本人遭捕，本來響噹噹的革命派竟成了被革命的對象，怎能不逼上梁山？抖膽跟當局造反，當然要受鎮壓，而鎮壓又使得這些原先「三忠於」、「四無限」的青少年逐漸對各種權威產生質疑。那天來「沙龍」裡聚會的，十有八九也是幹部子弟，除了政治傾向相似之外，人人還都喜愛文藝。說得誇張一點，這是個所謂的「裴多菲俱樂部」。

且說進得門來，被團團圍在中央的必是陽陽和鄧白無疑了。不想陽陽是五短身材，而眉梢嘴角極其清秀，且有一股極其飛揚的神采，果然名不虛傳。那鄧白卻瘦高個子，黑黃臉，顯得閱歷過滄桑。見到一位女生，全場肅靜，待春生將我介紹給眾人，大家才重新活躍起來，並向我投來好奇而友好的目光。

壓過一室的嘈雜，滿目蒼涼的鄧白，忽然揚聲而起：

「人生不相見，動如參與商；今夕復何夕，共此燈燭光！……」

「出語不凡！」不知誰叫了聲好。我也暗暗稱奇，原以為即使他們吟詩作對，也不過是「革命何須怕斷頭」之類的豪言壯語，不想起調竟是勁道悲涼的老杜。

「昔別君未婚，兒女忽成行」，吟間鄧白拍撫著高矮不齊的小兄弟的頭頂、肩膀，好像杜甫本人在感歎唏噓。我馬上被此會的格調所吸引。

接下來，一位紫面黑須的男生響起渾厚的低音：

「風聲雨聲讀書聲，聲聲入耳；國事家事天下事，事事關心」。

那是當代文人鄧拓廬山會議後憂心時局的對聯。跟上去，卻是春生激越的男高音：

「莫謂書生空議論，頭顱擲處血斑斑！」

看看，春生到底是春生，總那股熱血沸騰的勁頭。這回又是鄧拓，為東林書院題詞，謳歌明末東林黨人與「閹黨」作殊死鬥爭的事蹟，倒也符合「老兵」當年同仇敵愾，與中央文革這幫所謂「朝廷奸佞」血戰到底的決心。

冷不丁，一個稚氣未脫的初中小男生扯起嗓門大喊：

「問蒼茫大地，誰主沉浮？」全場空氣頓時凝固。

陽陽畢竟是會場的中流砥柱，絕不能讓弟兄們茫然若失，只聽他沉著地朗聲道：

「岱宗夫如何，齊魯青未了。造化鍾神秀，陰陽割昏曉……」

語音未落，滿屋的大小男生，竟同聲誦起：

「蕩胸生層雲，決眥入歸鳥。會當淩絕頂，一覽眾山小！」

氣氛豁然開朗。

但見春生一步向前，目光凝視遠方，全場再次靜下來，「……我要用手指，指那湧向天邊的排浪，我要用手掌撐那托起太陽的大海，我搖曳著曙光那只漂亮而溫暖的筆桿，用孩子的筆體寫下：相信未來，我之所以堅定地相信未來，是因為我相信不屈不撓的生命，相信戰勝死亡的年輕……」

群情激昂，我也心潮起伏。

不知哪兒來的一股勇氣，我異軍突起：

「在西伯利亞礦坑的底層，望你們保持驕傲忍耐的榜樣……」

又一陣靜場，多數人也許沒料到一個女生會突然插入，而更多人也許不明白我到底吟誦的是什麼。

「……你們悲慘的工作與思想的崇高意向，決不會就那樣消亡……」

春生滿懷激情地匯合我。他原是最崇拜普希金的，而這首獻給流放中十二月黨人的詩篇，也恰能表達他對陽陽等人的敬意。

春生和我，一男一女：

「厄運的忠實姊妹－希望，甚至在陰暗的地底，也會喚起你們的精神與歡樂……弟兄們會把利劍送到你們手上！」

我看到陽陽與鄧白，兩眼放光。幾天過後，陽陽被捕，春生流竄外地。

在外地期間，春生曾步行到延安，瞻仰革命聖地，打算寫一部歌頌老區傳統的組詩，他老是那麼忠心耿耿的。插隊之前，他又風塵僕僕地出現，抖開揉皺了的波特賴爾的《惡之花》的手抄本，語氣可比以前深沉多了：

「我的青春是一場陰暗的暴風雨，星星點點透過來明朗朗的太陽，雷雨給過它這樣的摧毀，到如今只有很少的紅色果實留在我枝頭上……」，我聽著，心怦怦直跳。

然後是他自己的新作：

「好的聲望是永遠找不開的鈔票，壞的名譽是掙也掙不斷的枷鎖，假如命運真是這

樣，我寧願為野生的荊棘放聲高歌，哪怕荊棘刺破我的心，火一樣的血漿火一樣燃燒，掙扎著爬進那喧鬧的江河……」，

雖然在社會上已經碰了不少壁，春生始終不願放棄他的真誠，執著得就像一個不願相信別人會坑他的大孩子。接著他又念羅爾迦、聶魯達、馬雅柯夫斯基，就這樣念了整整的一夜。次日清晨我們出門，鋪天蓋地的厚厚的大雪。

小三十年過去，彈指一揮間。我已移居美國，借回國探親之機，與舊友重逢，地點是在陽陽家體面的四合院。

陽陽文革中曾坐牢十年，出獄後放洋，港臺歐美，浪跡到天涯，最後還是回北京定居，為國內的畫家在海外作代理。他架著一副金絲眼鏡，線條較當年圓潤，總不知不覺地用手掌按摩胸腹。兒時在延安的「馬背搖籃」，文革的鐵窗生涯，都給他留下了病根子。

鄧白泡眼皮，挺個小肚子，典型北京街頭的中年漢子。文革後，他摘掉「帽子」，念完大學當上工程師，可老婆離婚占了房子，年近半百仍窩窩囊囊地與父母擠在一處。天性加慣性，國憂帶家愁，他依舊牢騷滿腹，憤世嫉俗。

卻見春生坐在籐椅上慢騰騰地吹著杯中的茶葉，悶聲不響。他剛從「福利院」裡請假出來，看去身架還結實，而面孔發膀。春生被崇拜者們推為建國後中國現代詩的先鋒，甚至在官辦的電視、報刊上也有報導，但出入於精神病院。

我自己則由留學生變為洗衣做飯、拉扯孩子的家庭主婦。陰差陽錯地，國家、個人均有幾番起落，而無論如何，陽陽等人如今即使沒變紅，至少不像當初那麼黑了。我自然問起陽陽為何在國內定居，陽陽那雙秀目現出幾分空落：「外頭的人文條件畢竟不一樣，待久了沒啥意思」。頓了頓，他又略有所思地：「可過一陣我還想出去」。我忍不住追問：「陽陽，到底那會兒好還是這會兒好？」他把目光移向天花板，含含糊糊地：「反正，小時候吃一塊糖覺得特瓷實……」似乎感覺的好壞倒不在於是「致富光榮」，還是「無產階級專政」。

針對拜金的世風，鄧白憤憤然：「當年一起衝公安部的哥們，如今能為幾個子兒就把你賣了，眼皮兒都不眨！」

一直像根木頭疙瘩呆在旁邊的春生，這時也開了腔：「主席在世的時候，人心多淳樸呀，可現在?我弟是高工，我妹是『協和』的副教授，他們一坐下來，談的全是錢，與小攤販有啥兩樣……」

一個念頭忽然閃過：也許春生沒瘋，只是厭世裝瘋，於是，我小心翼翼地問起他的近況。春生一本正經地：「我寫詩和住『福利院』都是主席當年佈下的棋」。我先一怔，然後意識到他人多容易緊張，如果沒有壓力，思路也許不受干擾，便向他要了「福利院」的地址，打算單獨去探望。春生又一絲不苟：「來前寫封信，寫明何時來，都要談些什麼」。

天色向晚，我因惦記托在親友處的兒子，連忙告辭，春生、鄧白也相繼退出。不管情願不情願，人們各奔東西。我乘計程車穿過天安門廣場，夕陽沉沒，無數的人頭匯成海洋，看不清面孔；長安街上車水馬龍，霓虹廣告更像火炬呼啦啦地點燃了夜空。人說詩人只活在未來和過去。而在許多年以前的今夜，同樣的晚風，同樣的暮色，我曾跟春生踟躕街頭，聽他憧憬未來，聽他否定命運，聽他挑戰權威，直到一天的星星蓋過了地上的華燈。

（1997年）

雲中之鶴
柳梢已現些微鵝黃，遠處也隱隱傳來冰層的斷裂聲，有似輕雷。

雲中之鶴—黑五類

他出身世家，故隱其名。他身材修長，高視闊步，舉止輕靈，有如鶴在雲中飛翔，故稱之為鶴君。

認識鶴君，還得從思邈談起。思邈在初中和我同校，曾主動跟我結識，理由是：「我喜歡妳的髮型，亂蓬蓬的帶自來卷兒，有點兒像貝多芬」。但我知道思邈偏愛我還別有原因。我在學校裡以崇拜西方名著出名，這在當時被視為「思想落後」，更在幹部子弟中幾乎絕無僅有，所以讓思邈「慧眼獨鍾」。思邈出身「高職」，她家的親戚遍及海外，到了文革，那是啥滋味，不提你也明白。思邈成了一個活躍的「四三派」，對抗「老紅衛兵」的「龍生龍，鳳生鳳，老鼠生兒打地洞」的「血統論」，替「出身不好」的人鳴不平。我爹算文革前就「出事」了，我一天紅衛兵也沒當過。

所以，我雖然沒有「揭竿而起」，像某些「黑五類」子弟一樣，卻淡化了同幹部子弟階層的關係；不過，我對各方神聖都保持距離，隔岸觀火。後來，社會上就把像我這樣無黨無派、悠哉遊哉的人士，統稱為「逍遙派」。

當思邈和我在文革裡重逢的時候，她對運動也膩味了。她帶了幾張現代爵士樂的唱片來找我。關起門，拉上窗簾，聽那刺激感官的躁動的小號，我倆都很興奮。聽完了，我撚起那輕巧的超薄唱片，跟思邈眼對眼：「外邊的世界，都成了什麼樣子！」隨即，我們去附近的釣魚臺散心。記得是晚秋時節，無邊落木，蕭蕭瑟瑟。我倆坐在湖畔，她用枯枝撥弄因風霜而澄澈的湖水，突然向我敞開心扉：「我雖然是『四三派』，骨子裡卻信仰『血統論』」。鬼才信她呢！見我沒當真，她馬上解釋：「我覺得蔣介石的兒子和劉少奇的女兒的血統，就是比我的高貴」。我卻不能苟同：「誰的血統，也不比我的高貴！」遠處的小學生結束了野餐，忙著收攤。思邈覺出我的情緒不對，就一個猛子躥上三面環水的山坡，沖我招手，大聲嚷嚷：「假如冬天已到，春天還會遠嗎？」於是，我倆跳上自行車，一陣橫衝直撞，就像兩片葉子要跟狂風較勁。

時隔不久，思邈說要拜託我一件事，她的幾個朋友想通過我認識郝泉。郝泉是文革初期名噪一時的紅衛兵領袖。她拉起海澱一帶各個附中的幹部子弟，與城裡的「西糾」遙相呼應，在「造反派」日益得手的多事之秋，欲挽狂瀾於既倒。更有甚者，她竟跳將出來，張貼什麼「他年廉頗將，今日拜倒茶花女」之類的大字報，立馬被打成「反動學生」，蹲了幾個月的牢。聽說還要揪出她身後的黑手。當局沒法相信，僅僅高中生的她，怎可能這麼刁！郝泉成了「老兵」中的英雄，即使在「出身不好」的思邈這類人裡，有的也明著表示對她的欽佩。

君子同流不同黨。那天我帶著思邈和她的兩個朋友去見郝泉，這是我初會鶴君。鶴君的父親在五七年是位風雲人物，據說曾不可一世地向黨進攻。而那天所見的鶴君，只有十七八歲，細高的個子，白皙的皮膚，看去性情溫良，品貌端好，酷似古時候江南一帶的書生。同來的老劉卻面色黧黑，老成持重，與鶴君略帶稚氣的容貌、舉止恰成對照。老劉是位「待業青年」。文革前的「待青」不是成績太差不能升學，就是家庭太差不許升學。估計老劉是屬於後者。郝泉有禮貌地接待了我們，接著老練地發表了一氣不著邊兒的議論。事後，她跟我半開玩笑：「誰知道他們是不是局子派來的探子？」郝泉到底是見過世面。然而，那次給我印象最深的卻是，「居委會」的幾名家婦突然登門，揚言要「檢查衛生」。原來郝泉一直在革命群眾的嚴密監督下，況且她年長資深的父親又被劃為「叛徒」。郝泉不動聲色地把我們依次安排在大壁櫥裡，然後用她字正腔圓的女高音，與那幾個娘們對口舌，暗示我們事態的進展。也許，那天這群婆娘不過是例行公事，也許郝泉爹的餘威還在，或者這幫老婦女壓根不敢小視郝泉，總之那回她們並沒過分糾纏。不過思邈幾人還是虛驚了一場。最後在郝泉的佈置下，我們分期分批，悄悄地撤離了郝家。

思邈他們沒有成為郝泉的朋友，而鶴君卻跟我有了來往。思邈的家是我們常常聚會的地方。文化革命對各階層都衝擊得厲害，「黑五類」多半被掃地出門。思邈家倒仗著廣泛的海外關係，因禍得福，仍保有一個獨門獨戶的四合院，內有廳堂回廊，很是氣派。到這裡來聚聊的多是「高知」、「高職」子弟，甚至還有一些出身「更黑」的人物，我也不去打聽。他們的見聞、閱歷跟我熟悉的幹部子弟大不相同：這些共產黨掌權以前的「好人家」子弟，或比試香港的洋行商號，或吹噓美國當紅的電影明星；有的還穿皮夾克、留大背頭，與「老兵」的腰勒皮帶、腳蹬馬靴的架式，確實不是一路子。鶴君則穿一身灰藍對襟棉襖，戴一頂絨氈帽，看著倍像解放前，譬如「一二・九」時期的學生。據思邈私下吐露，因為鶴君的出身，學校的「工宣隊」逼他第一批下鄉。他用三棱錐刺傷自己的股部，被人抬進急診室，報案說在胡同遭小流氓夜襲，醫生開出病假證明，他才得以在城裡暫混。看來文質彬彬的書生，逼急了也挺張狂。可歸根到底，是鶴君肚裡的墨水使他顯得個別，不論是《周易》、《左傳》，還是《黃帝內經》，他都能擺乎一陣。當時社會上成天價「紅海洋」，「忠字舞」的，鶴君的談古論今，有如沙漠裡的清風，叫人覺著涼爽。於是，在思邈家成員龐雜的「沙龍」裡，我們物以類聚，形成了獨立的圈子，有時思邈也擠進來湊數。

那天黃昏，我進門就見鶴君在伏案潑灑丹青，湊前一看，是闊葉的芭蕉，肥沉的梔子，雨後的青階—為韓愈的《山石》寫意。筆墨不算老到，倒意境清新。我忍不住問：「跟誰學的？」他微微一笑：「無師自通」。門口臨分手，鶴君從衣兜裡取出一枚篆刻，合掌遞給我。那是一塊雞血石，青灰的底色，由淺而深，上面撒著點點紅斑，恰似一滴滴鮮紅的雞血。鶴君像有些抱歉：「石頭不好，有條痕。以後有了好石頭再刻」。我端詳著那石頭，不由想起了「風雨如晦，雞鳴不已」的《詩經》。

雖說思邈和我都知道毛澤東早年曾用筆名「二十八劃生」，鶴君可為我們道出一段鮮為人知的野史。毛年輕時找人算命，算命先生告訴毛，他一生都與「二十八」有關。

果然他二十八歲組建中國共產黨，五十六歲坐了天下，然後還有二十八年……思邈馬上掰她的手指頭開始掐算！提起算命，鶴君某日竟拎了本卦書，問完每人出生的年月時辰後，就一本正經地「算」將起來。我的命是「兩隻黃鸝鳴翠柳，一行白鷺上青天」，我問這究竟是什麼意思，他故弄玄虛：「天機不可洩露」。接下來是思邈，她的命是「花開能有幾時紅？」惹得她嘟著嘴，老半天地不高興。最後輪到鶴君自己，他的命則是「精衛銜石，枉勞心機」。思邈一見鶴君的命雖壯亦悲，倒也平了氣。於是大家不約而同地想到為「二十八劃生」卜一卦，卦底的前半闋記不清了，最後兩句卻記得分明：「不是賞心聖果，何必踏雪尋梅？」

那晌午，我剛進院子，就聽見思邈和鶴君一起嘀嘀咕咕，踏入房門，只見思邈一臉的壞笑，鶴君則滿面飛紅。誰知他倆在搞什麼鬼？思邈用一本《毛主席詩詞》捂著嘴，更加放肆，全沖著我來了：「妳知道什麼是天下第一淫詞？」說罷，又把那本詩詞在我眼前晃了晃，像拿我一手似的。我琢磨這思邈一定犯了精神病，那年頭，連小學生都能把毛的詩詞從「獨立寒秋」一直背到「全無敵」，這豈不是滑天下之大稽？知道我根本沒戲，思邈這才得意洋洋地把那白紙黑字亮到我眼皮子底下……噢？！我也忍不住吃吃地笑了。

在幾位常登門的「披頭士」中，首推對胸圍、腰圍、臀圍頗有講究的那位「三圍博士」。某日，他又大放厥詞，說什麼肺癆晚期少女的眼睛最水靈，說什麼樣的腿型表明女孩子已失去童貞，諸如此類。令人納悶的是，思邈在一邊添油加醋地特來勁。她私下跟我說，這幾人還在背後給我的模樣打分，說我在「老兵」裡不會走紅，因為他們美女的標準是國式的「瓜子兒面，柳葉眉，櫻桃小嘴一點點」，而我太「摩登」了。我本來就看不慣思邈跟那幫子一時還沒市場的花花公子們起哄架怏子，後來又聽說鶴君也跟著瞎摻乎，更有點氣不忿。

但總地說來，我跟鶴君蠻友好。他有靈性兒，又有涵養，只天生一張娃娃臉，總甩不掉孩子氣。我疑心他賣弄那些噱頭，參與品頭論足，都是故作老成。鶴君比我小兩三歲，小時候小一點就小好多，這就讓我擺出一副大好多的架子。而我願意跟他來往，對他的人品也放心，所以，有天我昏頭昏腦向他推薦一部書。按說這《金瓶梅》，當年是本內部書，僅供高幹閱讀，而且只印了五十部，木版印刷後又蝕版。我翻了翻開篇的圖畫，線條平板呆滯，可以說相當難看；又讀了幾頁文字，滿紙真正的男盜女娼，全然不對我的口味。可話說回來，這是古今的一部禁書，更是當時冒天下之大不韙的淫書、禁書，老百姓想沾邊也沒門兒，就沖這點違禁性，這書也有點價值。而因為哥們義氣，我替別人收藏著，至今卻沒有人看，不也怪可惜了的。現憑鶴君的文化底子，雜書野史兼收並蓄，明擺著是讀這書的料！當我應許將《金瓶梅》帶給他看，他好像有點吃驚，足見我對他的信賴。

那是一個晴和的正月的午後，天氣暖融融的。我用報紙把書包裹嚴實，放進一隻大網兜，拎著來到後海。銀白的冰面已有裂痕，從遠處時而聽到砰然的斷裂聲。細長的柳絲，雖然看不見丁點鵝黃，已在微風中柔曼起舞。鶴君歷來守約，早在那闌幹旁邊等候了。我遞過那沉甸甸的書，他照例問我新近讀了什麼書，有什麼心得？我剛讀完契可夫的劇本《海鷗》，其中的調子甚合我當時的心境：那朦朧的詩意，那對未來的憧憬，又罩著一股淡淡的哀愁。劇中的湖畔，住著一位愛好文藝的年輕女子，還住著一個熱愛文藝的男孩子，男孩子癡心迷上了年輕女子，而她卻看上別人；心碎的少年悲傷地結束了自己的生命。那故事沒有多少戲劇性，可有一種意境，我建議鶴君讀一讀。我與鶴君，在書籍方面是互通有無的夥伴，正如目前在資訊公路上行駛的網友。而我對鶴君，就像姐姐欣賞一個有才華的弟弟，或像一位可以講心裡話的朋友。

我正緩緩敘述《海鷗》的故事，突然覺察，一向健談的鶴君竟沉默寡言。我回頭打量，他粉白的臉色變得粉紅，呼吸急促，整個身軀都在微微抖動。我倏然警覺起來：在這清幽的後海，鶴君跟我，更別提那該死的《金瓶梅》了！我在女孩裡不算個心細的，但這疏漏也實在有點邪乎。正因為鶴君在我心中的地位，他的失態令我失望；正因為珍重跟他的友誼，我反而惱羞成怒，情急之下，竟信口開河：「我下午四點跟男朋友有約，等會兒我還得去他家」。其實我哪裡有什麼男朋友！可當年我既任性又自我中心，所以，一言既出，轉身就走，再也不看他一眼。鶴君隨著我，穿過幾條背靜的胡同，一路上誰也沒言聲。直到返回有交通的大馬路，直到把似乎仍在夢中的他送上公共汽車，我才長長舒了一口氣。

幾天後，我接到一封信。從前我偶爾也收過一些無聊的書信，大不了扔進字紙簍了事。可這封是用綠墨水寫的，不知道有啥名堂？拆開一看，是一首《念奴嬌》，裡面盡是「紅粉知己，英雄肝膽，兒女心腸」等文字，純粹的「鴛鴦蝴蝶派」！肯定是鶴君，卻沒有署名。一股輕蔑不由得從我心頭升起。旋即我通過思邈轉告鶴君，書看完放到她處即可，甭直接還我。如此這般半年過去，再沒有聽到鶴君的任何消息。思邈見了面，也裝得跟沒事兒似的。

這期間我讀的書不少，從泰戈爾到三島由紀夫，很雜，不求淨化，但求攪動；而《麥田裡的守望者》那種不甘被社會同化的少年理念，和我心心相印。可笑的是，多年之後到美國，我已身為人母，仍跑到圖書館裡，一口氣把它的英文原本讀完。至於郭沫若，他的《孔雀膽》和《高漸離》，真令我驚愕，意識到通古今可以知未來，也意識到人品格的高下，可以跟才華和智慧完全脫節。也就在這個時期我讀了《日瓦戈醫生》，讀後三天三夜高燒寒戰。那是一個激情的歲月，冷酷的歲月。

上山下鄉的風聲越來越緊。那天，小咪和田田來我家，大家商議用什麼對策。她們都是我高中的同學，都是些穩重懂事的大女生。我們正說得起勁，弟弟忽然拍門，說有個男的在樓道裡要見我。那年頭，男的要見你能有什麼好事，更何況連弟弟都不知道那是張三還是李四。更糟的是，會讓小咪她們見怪。等我進了樓道，見站在樓梯口的竟是鶴君。雖然不由分說地絕交之後，我也後悔，但覺得這事怪心煩的，做得絕點也許對雙方都有好處。不料今天，他不請自到，我心裡的氣兒就不打一處來。「告訴過你別來找我」，我的語氣十分生硬。鶴君雖然站在樓梯下，但顯得個子極高，脖頸細長，仍然是那張略帶童稚的臉。他目光沉靜，一字一句地對我說：「我是來向妳道別的」。我沒有作聲，心想我們本來已經道了別，一臉毋庸置疑的神氣。鶴君轉身走下樓梯，忽地又穩住腳步，回頭深深地看了我一眼：「我要到很遠的地方去」，說完大步走下樓梯。我從樓道的窗口望去，他高視闊步，沒有回頭。返回房間，跟小咪她們繼續扯插隊的事，卻心不在焉。「要到很遠的地方去？」

幾個月又過去了。這天，派出所的員警突然登門，要我到局子裡走一趟。我並不慌張，除了我爹是揪出的「黑幫」，除了我還沒有積極下鄉，我想不出自己還有什麼罪行。到了局子，老警先叫我在椅子上坐定，一個開始審問，另一個則記錄口供。他倆先賣了些「關子」，想讓我感覺案情嚴重。當年的局子常常是風聲鶴唳，草木皆兵。加上不久前，有人在西單商場散發反動傳單，接下來釣魚臺附近又發生了爆炸，一時間謠言四起，人心浮動。可這跟我有什麼關係？因此，對員警的子虛烏有，我並沒有大驚小怪，只以靜制動，看他們的葫蘆裡到底賣什麼藥。

老警一見攻心戰術不靈，就乾脆攤出底牌，問我認不認識郝泉、老劉與鶴君。原來如此。郝泉是已經定性的「反動學生」；老劉只見過一面；鶴君曾在一起聊天，不外乎帝王將相，才子佳人。「我知道他們思想都不好，可每個人都得思想改造一輩子」，我這樣敷衍著。不料老警臉一黑，拍案而起，厲聲喝道：「不要包庇反革命分子！劉某秘密結社，妄圖武裝暴亂，推翻無產階級專政！鶴君企圖越境，叛國投敵！他們都是狗膽包天、罪該萬死的階級敵人！現在党和政府給妳機會，妳趁早老實交待，跟他們劃清界限！」我聽了駭然，一股寒氣「嗖」地從背後升起。當年照老劉和鶴君犯下的「罪行」，趕上「鎮反」，夠得上判處死刑。我心裡陣陣翻騰，一下子全明白過來了：我太過分了，我不必對鶴君這般無禮！其實我是很顧念他的。不知怎得，又將我對鶴君不近人情的態度，與他目前的鋌而走險聯繫起來，連悔帶痛，居然當著老警的面就撲簌撲簌地掉下淚來。老警認為這是我恐懼與悔過的表現，同時也判斷沒有多少油水可撈，不多時，就草草地將我放人了事。出了局子，昏天黑地，我心裡只有一個念頭：哪怕鶴君判個無期徒刑，也千萬別被槍斃！這世道早晚得變。

整整二十年以後，我由美回國處理一件私事，在北京泡了一年，煩透了。妹妹把從前的故人故事，一件件一樁樁揀起來，為我開心。那天，她下班回來說，在某次學術會議上，她見到鶴君的名字，是位資深的學者，在大學裡任教。不過，妹妹不能把名字和我當初跟她描述的任何形象對上號。而我卻知那是鶴君，暗暗慶倖他平安無事。

回美後，一晃又是七、八年。偶然想起鶴君，竟是近三十年前的往事，他已然過了玉樹臨風的年華。今天在這世界上，如果仍有一個十七八歲，細高個兒，娃娃臉的男孩，那一定是鶴君的兒子了。我因以後一直無緣與鶴君相會，在我心目中，他便永遠是那身材修長，昂首天外，而舉止輕靈的少年，有如鶴在雲中飛翔。

（1995年）

嬸子
我們娘兒倆灌了一路的西北風，顛顛地又返回霞村。

嬸子—歷史反革命

她身段剛勁婀娜，滿頭烏髮，肌膚白裡透紅，配上那閃閃有光的三角眼，在村前灰頭土臉等候派工的中老年婦女裡，活像雞窩裡的一隻鳳凰。嬸嬸要是生在太平盛世，准是位精明強幹的主婦；即使生在亂世，要是命好一點，至少也會像她當年「婦救會」的姐妹那樣，到區裡縣裡當個「婦聯主任」什麼的。可她生逢亂世，偏偏又不走時氣。

她姓霍，名秀文，生於晉北農村一個殷實的人家。她與她兄弟霍英武，女的俏麗，男的俊偉，方圓幾十裡都有名，當初有「秀文一枝花，英武一駿馬」的佳話。姐弟二人念過初小，能識文斷字。那正趕上烽火連天的抗日戰爭，這兩位熱血青年，在共產黨的影響下，一個做了「婦救會」主任，一個當了遊擊隊長。四零年八路軍發動「百團大戰」，號召地方軍民積極回應，配合出擊敵寇。英武十七八歲，血氣方剛，率領隊員襲擊敵人的炮樓，幹掉了兩個日本鬼子。方其時日寇氣焰極其囂張，見佔領區民眾居然反抗，既驚且怒。根據漢奸的告密，一支日本中隊包圍了霍村，把全村老幼通通轟出來，在場上架起了機槍。秀文和英武藏在她娘家與爐灶相連的地道裡，對上面村裡的響動聽得真真楚楚。當鬼子開始毆打鄉親，並揚言要放火燒村時，英武再也按捺不住了。他一個猛子跳將出來，「噔噔噔」大步奔到場上，秀文想攔也攔不住。鬼子正得意逼出了人質，好拿到區上領賞，但見英武一身正氣，滿腔仇火，衝著鬼子漢奸狗血噴頭地大罵起來。不可一世的日寇萬沒料竟有中國人不怕死、敢堂堂正正站出來拼命的，惱羞成怒，獸性大發，當場用刺刀挑了英武。英武真是一條好漢，一息尚存，罵不絕口……其忠義，其慘烈，幾十年後霍村的老人們提起，仍泣不成聲。

然而，秀文卻沒有她兄弟那把硬骨頭。她被日本憲兵隊抓去，幾輪酷刑下來，就熬磨不住，招供了身份，並在淫威之下，做了日本小隊長的姘頭。而敵佔區軍民同仇敵愾，再接再厲，不久在激戰中，那小隊長就撞到遊擊隊員的槍口上。秀文也隨即被鬼子一腳踢出了炮樓子。她無臉面再回霍村娘家，於是四處流浪；有一天，流落到霞村。霞村是我的老家。我爺爺一貧如洗，即解放後劃歸的「貧農」。自我爹幾年前出走上延安以後，爺爺就和叔叔二同相依為命。這時，叔叔見秀文孤苦無依，便收留了她，好歹也算娶了個媳婦。從此，嬸嬸也有了落腳之地。

從英姿颯爽的抗日女戰士，到苟且偷生委身敵寇，又到終於有了個小窩兒，嬸嬸就此收起她當年的萬丈雄心，一心一意巴巴結結做個良家婦女。一年許，姐姐喜妮出世了。但在中國，尤其在農村，只有生出小子才對得起祖宗。嬸嬸隔三差五地進山燒香，求神拜佛，但願老天開眼，無論如何成全她這人生的唯一心願。精誠所至，金石為開。果然第二年，一個胖小子呱呱落地。那小子長得細皮嫩肉的，明眉皓齒，頗有幾分像秀文的兄弟英武，令嬸嬸心裡真是又喜又悲，又愛又疼，遂取名「天寶」。「寶」音又同「保」，除了心肝寶貝的意思之外，更求老天爺多多保佑。窮人家缺吃少穿，談不上醫藥，而天寶那小子又嬌氣些，見天價發疹子出痘子的，急得嬸嬸圍著他團團轉，一夜夜熬到天明。日後，天寶哥終於出落成儀表堂堂的俊後生，不像喜妮姐粗手笨腳的，完全是從二同叔那模子裡出來的。

待文革中我回老家插隊時，爺爺還健在，叔、嬸年近五十，姐姐喜妮已出嫁，哥哥天寶在城裡農機學校「鬧革命」。文革前，我父母曾幾次接爺爺、叔叔來城裡住，終因他們過不慣又返回老家；但我從來沒見過嬸嬸，心想她婦道人家，興許在鄉下帶孩子，操持家務；長大些又隱隱聽說嬸嬸有「歷史問題」，心裡怪納悶的：一個農村婦女，能有什麼「歷史問題」？直到回了老家，方才真相大白：嬸嬸是村裡頭一號臭名昭著的人物！我一落腳，隊長、書記便忙不迭地跟我「交底」，接著鄰居軍屬肉老人也跟我旁敲側擊，生怕我階級鬥爭這根弦繃得不緊。其實哪用他們提醒，中國從古至今，人品再次次不過當漢奸，女德再差差不過賣身洋人！嬸嬸人裡人外地位之低賤，可想而知了。

一天工間休息，我就近回家喝口水，一推門見嬸嬸挨著炕沿抹淚兒。我上前問她怎麼了，她於是抽搭的更厲害：「嬸嬸沒本事，受了人家的欺負，就只有哭……」我知道她八成受了女隊長楊金花的氣，而且一定是受了大氣。因為平時我常見楊金花同隊上其他的積極分子，有事沒事地敲打嬸子，或從旁奚落，或公開呵斥，嬸嬸向來都是悶頭幹活兒，不言不語。

記得那回縣裡演「樣板戲」，隊上放假，嬸嬸興沖沖地拉我進城，說要讓我順路瞅瞅「任姐」家的房院。所謂「任姐」，是嬸嬸當年在「婦救會」時手下的姐妹。如今人家的男人是專區革委會「三結合」的幹部，幾個子女全在部隊上當兵，她本人則剛從縣婦聯會上卸任下來，蹲家享清福。

我跟著嬸嬸在鬧市裡轉了幾遭，遂拐入一條清靜整潔的街巷，裡面頗有幾處高牆深院，朱門大戶。進得一扇門去，但見一庭院槐樹柳樹楊樹，幾株粉紅的月季花枝招展。鑲嵌的石子小路，將我們引上一排青磚大瓦房，正房裡端端地坐著任姐。她看去人很富態，慢條斯理地在炕上吸煙，盤著腿連窩兒也沒動，只揚了揚眉毛算跟我打了招呼，瞭都不瞭嬸嬸一眼。沒人請我們上炕去坐，更甭提端茶倒水了。可那任姐家也著實氣派：全新的紅木傢俱，七八床綢緞鋪蓋幾乎堆到房頂，大玻璃窗明晃晃的，炕上地下一塵不染。嬸嬸開口誇任姐家的房院有多大，房屋的風水有多好，木匠的手藝有多巧，任姐連眼皮都懶得抬，又嗑起瓜子來。半晌兒，我料嬸嬸也漸漸沒詞兒了，便悄悄捅了她一把，娘兒倆這才無趣地退將出來。回家的路上，我不禁氣惱，弄不清嬸嬸何苦自招其辱。而側眼望去，她臉上非但毫無受辱之色，眼角反倒流露出欽羡、嚮往之情。

又一次是過年，從初一到十五，隊上基本歇工。嬸嬸娘家霍村有門遠房親戚成親，不知是有人捎過話來，還是嬸嬸自己聞風，又拉著我跑了一趟。我倆匆匆趕了十里路，到了霍村。新郎家擺了二十桌酒席，人山人海的，熱鬧非凡。新郎官穿一身流行的「國防綠」軍裝，新娘子著一身藍卡嘰布制服，兩位新人戴著手錶，騎著單車，洋洋灑灑地穿街過巷，後面還簇擁著縫紉機、大立櫃的，教圍觀的眾人直翹大拇指。輪到賓客上酒席，油汪汪的肥肉，亮晶晶的粉絲，熱騰騰的白饃，香噴噴的燒酒，正撥撩人的食欲，而主人又亮出旱井裡保鮮的葡萄和鴨梨，芳香撲鼻，青翠欲滴，更將喜筵的氣氛推上高潮。

偶然也有個把人向嬸嬸冷淡地打個招呼，而她和我與其他上百名不相干的外村群眾一樣，不過是湊份子的看客而已。那是正月裡，寒風刺骨，我娘倆喝著西北風，顛了十里路又返回霞村。我料嬸嬸其實是找個藉口回一趟霍村。

嬸嬸真正的麻煩，是女隊長楊金花總跟她彆勁，而楊隊長這裡也許有塊心病。楊原是新四軍女戰士，後隨男人福壽回鄉落戶。福壽和她都沒文化，儘管是老黨員、復員軍人、殘廢軍人（福壽）、貧下中農，全不中用，臨了還是回老家種地。嬸嬸要不是當年失足，資歷至少與楊旗鼓相當，加上為人能幹又上過學堂，地位應遠居楊之上。於是楊隊長認定嬸嬸明瞭共產黨的路數，所以每逢大小會宣講政策，便兩眼死盯著嬸嬸不放，好像這個「自首分子」比她這響噹噹的黨員左派更能領會組織上的精神。

話說回楊金花這人雖生性要強，無奈男人老實巴交的不爭氣，為革命捐獻了半拉身子，連個大隊幹部也沒混上。充沛的精力無處發洩，楊的革命鬥志日益昂揚，村裡搞運動每每使出全身的解數。尤其在文革中，「地富反壞右」戴「帽」的戴帽，穿「鞋」的穿鞋，夾尾巴的夾尾巴，她那份痛快勁就別提了！村上誰敢不誇她立場堅定、旗幟鮮明？

不過，一件有關楊隊長的區區小事，當時令我莫名其妙，多年後仍然記憶猶新。這天，楊隊長率領我們女社員浩浩蕩蕩出了工。到地裡，恰巧她跟我並排除草，前後左右沒有旁人。冷不丁兒，楊金花沒由來地沖我說：「聽說那日本小隊長，身子骨壯實，臉面也俊氣」。我一時懵住，卻見她笑眼眯眯，顯得蠻有興味……我正發怵如何對應，地頭兩位婦女早瞪起鬥雞眼，跳著腳打起來，楊隊長不得已跑過去勸架，才解了我這一圍。看來楊隊長那天是一時昏頭，因為隔日她便恢復了常態。當地主任五的兒子趕著糞車經過，她神情莊重，斬釘截鐵：「地主的小子就別想翻天！到孫子輩還得讓他們掏大糞！」

那會兒我爹雖在城裡挨鬥，隊上的幹部包括楊金花，卻視我為貧農出身，我爹則是共產黨的幹部犯了錯誤。因此，我在村裡不受歧視。可嬸嬸是被劃入另冊的，楊等監視她的動靜不說，還三天兩頭地向我刨根問底：妳爺爺在家可吃得飽？妳嬸待妳薄不薄？鄉下和城裡一樣，有的是用心良苦的人。

然而，終於有一件事，肯定能叫楊金花抓住把柄。那是一個陽春三月，我一大早起來就去後院，在棗樹之間拴起麻繩，想借好天氣曬曬冬衣。等我下工回家，幾乎不能相信自己的眼睛，下鄉帶來捆行李的新麻繩，不知怎的，竟變成黑黃破舊的爛草繩。我正發楞，嬸嬸剛好來後院取柴，一瞅見我，掉頭就走，原來如此！我又好氣又好笑，恨不得馬上拎上草繩去跟她對質。可說不出為啥，我站住沒動靜，心裡卻抱怨起嬸嬸來：嬸嬸呀嬸兒，妳如果真想要那根麻繩，明跟我說，我會給妳；如果想要根更新的，我也不妨去縣城買來給妳，何苦搞這套小把戲？可又轉念一想，當初嬸嬸也是個心氣高強的人物，如今落到這步田地，想必也是萬分委屈的。我回到正房，嬸嬸正張羅飯菜，她臉上紅一塊白一塊，甚是局促。我二話沒提，像啥事沒發生似的，和叔叔扯起隊上的家長裡短。

打那以後，嬸嬸同我的關係就變了。我是說，她真的對我好起來。幾天後，我看見那麻繩端端正正地擺在我的被服上。我想這些年來，嬸嬸要的也就是人們對她的一點點理解和尊重。漸漸地，我又發現，嬸嬸並沒有真的變得渾渾噩噩。大半夜的，她會吱哇亂叫地哭醒。爺爺歲數大了，翻個身繼續睡去，叔叔卻只好爬起來，悶悶地坐在炕頭上抽他的煙袋鍋。我從未斗膽問過嬸嬸為什麼哭，是夢見了鬼子的憲兵隊，還是回到她如花似玉的少女時代？不過，嬸嬸慢慢地愛跟我講點她小時候的事兒，她和她兄弟一道進學堂，一起放風箏……她風韻猶存的臉上甚至有了光彩。

我的生日到了。收工進門，見飯桌上除了往日的高粱窩窩、玉米糊糊和令人倒牙的酸窩菜以外，竟擺了一碗白花花的掛麵，裡面還臥了兩隻圓圓的荷包蛋。記得嬸嬸曾向我提起，以前每逢天寶哥大考，嬸嬸總給他下掛麵，並打上兩個雞蛋，一是為改善伙食，二是預祝考個一百。我現在也得到天寶哥的待遇了，心裡不禁暖烘烘的。

後來到美國，我家的黃狗包包每天吃一碗含25%蛋白質的商品狗食，還外加兩個雞蛋，且不說肉皮、骨頭之類的殘菜剩羹，怪不得包包的一身黃毛總油光水滑的。我跟馬修提起在中國插隊時，我過生日也不過吃兩個雞蛋，他瞪著一雙藍眼，似乎我在講天方夜譚。

當年村裡的柴禾經常緊缺。秋收完畢，收割了的玉米、高粱，其根莖還要刨出來按定量分給社員作燃料。一次，嬸嬸去隊部領柴禾回家，叔叔見後就氣不打一處來。原來嬸嬸領回來的玉米茬子，還不到對門軍屬肉老人所分的一半。下回隊上再分東西，叔叔讓我去領，還憤憤地瞪了嬸嬸一眼。我知道叔叔未免是遷怒於人，可那年頭過冬也就指望這點柴禾呀。記得我同隊上的幾個閨女到地頭撿剩柴禾，鄰居二梅見到一根枯枝，剛要拾起，一陣狂風把那乾草般的枯枝卷走。二梅不甘休，在嚴寒中跟北風搏鬥，而終於帶著勝利的微笑，奪回了那段枯柴。當時我見了，嗓子眼直發緊，咱們中國，那至於窮到這份上！

而日前馬修請工人們來修個倉庫，砍掉了些占地的樹木。我們留下主幹作為燒壁爐的木柴，餘下的枝幹懶得收拾，就在園子裡作一把篝火燒了。望著呼啦啦的沖天火苗，我忍不住嘮叨起二梅在風中撲草的往事，直到馬修含笑問我：「你是不是想把這堆爛柴禾運回中國去？」

離開老家後，我回北京上了大學，畢業了又被分到邊遠的外地，再也沒有機會見過嬸嬸。聽喜妮姐說，發現嬸嬸有癌症時，已經到了晚期。

據說現在中國農村的變化很大，允許農民發家致富。夏天，大妹打來越洋電話，說她和小妹帶著她們的兒子回老家探親。原來的土房拆掉了，立起兩排新瓦房，滿庭院瓜果桃梨，中間還有一口水井。爺爺已經過世，而叔叔受隊上照顧，派了個看水庫的輕活兒，每天騎車上工。天寶哥當了縣裡的農機局局長，喜妮姐仍作小學教員。在村裡家裡，妹妹和小外甥們受到貴賓式的歡迎，頓頓雞鴨魚肉。兩個小外甥則今兒進山射鳥，明兒下池摸魚，甚至爬牆上樹崩花炮（這在京城裡可是絕對禁止的），以至於都「樂不歸蜀」。

不久前，天寶哥為縣裡開闢財源，南下深圳，途經北京，也和我通了話。我特地問起咱家的現狀是不是例外，天寶哥矢口否認，說全村半數蓋起了新房，咱們頂多算個中上。天寶哥甚至告我，叔叔往日壓寒氣的胡椒鹽水如今換成了二兩「白乾」，我驚喜之餘，竟來不及問楊隊長和任姐的興衰起落。而村裡的老人們哪個沒見過村前的河流改道，所以才留下「三十年河東，四十年河西」的古訓。可那天，天寶哥念念叨叨的只是：「要我娘能活到現在……」

（1995年）

The Dark Side of the Moon
月之暗面

米修爾

「我的心也像大海，有風暴，有潮退潮漲，也有些美麗的珍珠，在它深處隱藏」。

米修爾——一個在西方「脫離群眾」的人

運運的B國同事全是剛剛畢業的醫科生，一個個神氣活現，就像跳上籬笆的公雞。也難怪，社會上公認的人尖子嘛。例外的是米修爾，他滿臉鬍子巴叉的，看去總像沒睡醒，有時連鞋帶也不系，在那衣冠楚楚的大夫群裡，如同一個走失了的大孩子。可自從到西歐來，洋人問運運中文怎麼寫的，米修爾是第一個人，而且是唯一的人。那天，他同運運在實驗室一道看顯微鏡，突然說：「請妳為我寫個中國字。」「寫什麼？」「就寫『好』！」運運端端正正地寫下「好」，卻第一次注意到這「好」字的構成，臉上不覺泛起了微笑。他指著部首偏旁，感興趣地問：「這是什麼？」當運運告訴他後，他睜圓兩隻貓樣的綠眼，好像運運在蒙他。於是他想了想又問：「那『妙』字怎麼寫？」運運不想再理會，可他一個勁兒地央告，讓室裡的人都直瞅他倆。運運被糾纏不過，便寫下並直接告訴他這偏旁部首的含義，省得大驚小怪。他聽完，看了運運一眼，大笑著揚長而去。

這天運運回宿舍，覺得有人在後面跟隨。那青年一雙鷹目深陷，氣色極佳，幾乎與運運同步跨入電梯。運運勸自己不要多心，這裡是學生宿舍，住著許多女生。她進了單元，卻小心地在公共廚房裡坐下，不料那人也就此止步。運運開始不安：「您找誰？」他直勾勾地盯著運運：「我想要妳。」「……什麼？」沒想到在西方還真有這等怪事。

幸好同單元的中國同學小陶從冰箱取飲料，運運趁機寫下電話號碼，托她急告實驗室的主管，指望搬請救兵。而那青年賴著不走，先說運運眼熟，接著又問起她從哪裡來，沒完沒了。運運敷敷衍衍，心神不定。不一會兒，米修爾趕到，滿臉的若無其事，也沒跟運運打招呼，徑直走到那人跟前。他兩人急促地交談起來，夾雜著俚語，總之，運運什麼也沒聽懂，可那鷹眼青年自退。運運不解地望著米修爾，他那張看去對什麼事都無所謂的臉，這次倒有點發紅：「這裡有的人吸毒，有的人酗酒，也有些人純屬精神不正常。」說罷，他用手指點點自己的腦袋，問運運：「妳看我正常不正常？」米修爾就是這麼一個怪人。

米修爾與運運的接觸多起來了。他們一起看病理片子，間或，他教運運法語，作為交換，運運也教他點中文。室主任羅丹大夫出身沒落貴族，以老賣老，素來口無遮攔。那天，他見米修爾和運運互幫互學，便當眾開炮：「他倆倒蠻像一對！」

這一下可把運運惹惱了，又不好發作，只得扭身上了圖書館，整個下午都沒回來。傍晚，米修爾的好友皮埃爾來找運運，向運運轉達羅丹的歉意，說老頭子有口無心，不瞭解東方風俗，這笑話在西方算不得惡意；又約運運出去喝杯咖啡，寬寬心。運運心說也犯不著跟自己過不去，就跟著皮埃爾進了那蝸牛形狀的小吃店，卻見米修爾已坐在裡面。皮埃爾說東道西，運運和米修爾都默默無言。臨了結帳，米修爾堅持要付，把褲兜、外套的口袋翻了個底朝天，抖出大小幾十枚硬幣，一枚枚地數：「……六十九，七十……」，連侍者都不耐煩了，而米修爾執意要把數湊全，運運這才忍俊不禁。

有次在餐館吃「比薩餅」，米修爾咬了兩口就放下，運運見怪：「沒胃口？」他眨眨眼說：「在西方，工人階級大肚皮，中產階級小肚皮，大資產階級凹肚皮，這可能和眼下東方的社會現象不同。」運運聽他張口「階級」，閉口「社會」的，有點好笑：「你信仰馬列？」米修爾好像被問住了，怔了怔回答：「六十年代在本科時造過反。」「造什麼反？」「不外乎砸爛桌椅板凳的。」「你反對權威？」他似不耐煩地聳聳肩，看去不願繼續這個話題。忽然，他又眼睛一亮：「其實，共產主義是個很好的理想。」運運心裡咯噔一下：你米修爾知道什麼是共產主義？他卻出神地望著杯中如血的紅酒：「人追求自己得不到的東西。正因為得不到，才有一種美。」他孩子氣的臉上帶著幾分玄想。

又一次，他邀運運去看法國新片《最後一列地鐵》，不是開車去而是乘地鐵，恐怕是情緒使然。回來的路上，一進地鐵，雖然挺空，運運卻不假思索地坐到一位老太太的旁邊，米修爾只好幹幹地坐過對面。沒想到，儘管運運距離那老太太足有兩尺遠，老太太竟好像被彈簧綳起來，馬上蹦到米修爾的旁邊。運運一時傻了眼，明白過來了手腳冰涼。米修爾立起身，緩緩地坐到運運的身邊，又像是旁若無人似地，聊起電影的情節，其態度之殷勤、得體，彷彿他同運運有什麼密切的關係，甚至就像一位追求中的情人。而對面那老太太，眼珠子都快掉出來了。

同在實驗室的蘭，是個越南人，她先生開個診所，兩口子生活舒適。由於當地亞裔不多，蘭對運運很熱情，主動來往。某天，一東方男子來訪，自稱是蘭的弟弟。運運聽完他的自我介紹，為他倒了一杯茶，便告辭上班了。後來遇見蘭的先生，運運順便提及此事，他氣兒不打一處來：「這傢夥是越共，我向來不跟他打交道。」頗有點井水不犯河水的意思。而不知道米修爾聽到什麼風聲，那天竟將壽引薦給運運。米修爾從前也提起過壽，說他在越南是大家出身，因反抗吳庭豔、阮文紹蹲過牢，越共掌權後卻又不得不流亡海外；因身無分文，便借錢去股票市場碰運氣，結果發了大財。果然，當日所見的壽，高大英武，儀表堂堂，像是一位從風雨中走來的英雄。而運運是從英雄世界裡出來的，對膜拜英雄感覺太累。在餐桌上，三人各有心思，而壽准是其中最明白的。他既沒有戳穿米修爾試探運運的小把戲，也給運運留足了面子，大大方方風度十足地撐住了場面，弄得米修爾倒像個在老師面前丟乖獻醜的頑童。看著米修爾一副窘態，運運覺得他真的挺可愛，當然這個可愛不是那個可愛。

運運與米修爾的往來，漸漸在中國留學生裡也有所聞。那次，小蘇心直口快：「運姐，妳是不是豁出去了？為學外語，和老外一起混……」運運知道小蘇書呆子一個，而自己也沒什麼好瞞的，索性當眾聲明：「憑什麼呢？我在中國有家，有一個挺好的家。」小蘇笑笑：「還不至於，是不是？」

次日，導師索加教授約運運商定研學課題。當運運即將告辭，導師出其不意地問起，她是否願意留居B國？運運一時驚得說不出話，恢復鎮定後斷然拒絕：「Non，merci！」索加是一位猶太人，二戰中全家從納粹手中死裡逃生，所以他對某些事物比常人敏感。運運明白導師並非有什麼深險的用心，特地給她設下圈套陷阱，也許只怕她有難言之隱，故主動伸出援手。百年來中國受盡列強淩辱，之後又閉關鎖國；近年來雖然開放，可中國人對國對家，仍舊神經過敏，運運自然不能免俗。一方面承認別人是出於關心，另一方面自尊心還是受損，反正心理上不能平衡。所以，運運一回宿舍，就失聲痛哭。

運運對中國的記憶，除了當了多年右派的父親剛剛「摘帽」，父母依然驚魂未定；除了在國內當工人的先生嘴上不說，但對自己出國留學頗有抵觸，橫挑鼻子豎挑眼之外，其他的都像一幅舊畫，慢慢地退了顏色。工休時，她坐在實驗室巨大的玻璃窗前，望著低垂的天幕，望著遠處隱現的風車，百無聊賴，遂用藍色的圓珠筆在紙上信手塗抹，無意間全是清一色的葉……突然從身後，有人用紅色圓珠筆，往葉間添上一朵碩大豔紅的鬱金香。運運掉頭一看，是米修爾正抽身離去。

那晌午，實驗室裡只剩運運和米修爾，眾人都進午餐去了。隔著桌子對面的顯微鏡，米修爾發問：「妳還想回中國嗎？」「當然想回去。」「為什麼？」「想回去趕緊生個孩子，怕年紀太大，就生不出來了。」米修爾上下打量著她：「妳多大了？」「三十一。」「我二十八。」那天是週五，羅丹大夫催大家早點收攤。米修爾讓運運一起回老校園，去看看那五百多年的大教堂。「我在本科時經常去。」「去幹什麼？」「夢想。」

從B京到老L校只有幾十公里，中途他卻建議不妨先沿著北海跑一遭。時近黃昏，低地國沉鬱的天空烏雲翻滾，灰暗的北海咆哮奔騰，無垠的沙灘荒涼悽愴。「……我的心也像大海，有風暴，有潮退潮漲。也有些美麗的珍珠，在它深處隱藏……」，海涅當年，是否也曾徘徊在這北海之濱？米修爾以一百二十公里的時速在濱海大道上疾馳，他那流線型的「沃爾沃」，如同一隻穿雲破霧的白鳥。運運首次覺察，一向落拓不羈的他竟開這麼帥氣時髦的跑車。米修爾似乎看穿了運運的心思：「好車有如美女，這是消費社會的觀念。再說這好歹不是美國的車。」當他們返回老校園，適逢大教堂翻修，不得入內。在教堂幽暗的陰影中，米修爾的眼不停地變換色彩：藍、綠、褐、金，又似那陰沉躁動的北海，很捉摸不定。他的柔髮在夜風中飄拂。米修爾一把抓住運運的手腕，她一動不動。「妳把那婚姻看得很重。」「是的。」兩人無言地返回轎車。

米修爾提前輪轉到別的實驗室，不再經常見到他了。偶然遇見，也不過是在走廊裡點點頭，算是打招呼。幾個月後，在晨會上皮埃爾問運運：「米修爾跟妳說了嗎？」「說什麼？」「妳不知道？他上非洲救災去了。他竟不跟妳說一聲，他怎能這樣做？」，皮埃爾表情嚴肅，若有所思。後來傳說，米修爾其實是上南美洲投奔「切」·格瓦拉或其他什麼遊擊隊去了。實驗室的眾人聽了，先是付之一笑，然後又七嘴八舌，議論紛紛。在噪雜中，運運耳邊響起舒伯特的C大調弦樂五重奏，那提琴的一問一答，很像她和米修爾之間的對話。運運又想起他夢一般的那雙綠眼，覺得這也許適得其所。

多年後，運運到B國參加學術會議，故地重遊，會後與同仁們相約，到城裡的一家咖啡館小聚。遙想當年同樣是五月，洋槐飄香，夜風流動，米修爾和她同坐此間的露天茶座，仰望夜空，數天上的星星。如今或因巴爾幹戰局嚴峻，遊人、顧客無幾。出得門去，忽見一中年男子由廣場對面走來，不修邊幅，步履匆匆，帶著格格不入而心不在焉的神氣，似曾相識，運運不由得一愣。那男子也頓有覺察，同是一怔。然而運運決意不回頭，繼續前行。那男子猶豫片刻，也沒有留步，消失在茫茫的暮色中。

（1997年）

白馬女郎
她一頭淺髮在風中飄揚，白衣白馬。

白馬女郎—不讓「白馬王子」

回國以後，我給克雷爾去了一信，沒有回音；以為信丟了，又去了一封，還是沒有音訊，這才意識到克雷爾是生我的氣了，我是說，她深深地對我失望。克雷爾知道我不滿意家庭生活，然而礙於社會壓力，循規蹈矩；雖偶有越軌之想，行為上卻不敢越雷池一步。所以，我是克雷爾看不起的那種「庸人」。也許，這純系我自己心虛，也許克雷爾根本就忙得顧不上。

後來趕上德院長來華訪問，我就此機會小心翼翼地問起克雷爾。一絲異樣的表情在他的眼中轉瞬即逝，他聳聳肩，像要抖落灰塵：「她尋求發展，應聘到南非創建實驗室去了」。我聽了將信將疑，總覺得他沒把話說盡，而他很快轉過身與別人交談。我則難免留意到他居然謝頂，人也不如從前神氣了。不久，我由其他途徑聽說克雷爾曾在全市的醫務系統組織工會，海灣戰爭時又跑到廣場上張貼反戰大字報……儘管事情傳得邪乎了一點，可多少有些她的影子。

她高個寬肩，平胸窄臀，兩隻晶亮的灰眼，一頭亞麻色的直髮披肩；上身穿十九世紀浪漫派詩人寬大的白襯衣，下身著細細緊緊的長褲，有時還腳蹬馬靴，看去是倍帥。人人都說克雷爾當個技術主管有富餘：她安排實驗、訂購試劑、培訓學生、接待來賓，工作效率之高令人眼花撩亂；閑下來就關上門，把腳翹到寫字臺上抽煙，抽得個黑地昏天。在她眼裡，男人個個是色狼。那天室裡一個糟老頭拿我和實習生安東的關係開玩笑，克雷爾聽在耳裡，記在心頭。週末她邀我去她鄉下的莊園，一路上對男人罵不絕口。原來克雷爾十幾歲時曾去巴黎學畫，教授讓她當模特兒，光脫了還不算，她一怒之下改學了生物，純粹是為了混飯。同事們告訴我，她作畫雖屬業餘，作品在當地還頗有名氣。我請求欣賞大作，她爽快地答應了。

克雷爾的畫室座落在一間舊磨坊的頂樓地面擺著石膏像，桌上攤著素描。走近角落，她揭開畫板上的報紙，「怎麼樣？」一點沒謙虛的矯飾。那畫底色深藍，上面橫斜幾道黑線，一片模糊的蔚藍色隱現其間。我自己就有過同樣的夢境，於是脫口而出：「冬夜」。克雷爾眯起眼，恭候下文。我記得曾獨立窗前，手扒著夜色的玻璃，融入清冷的夜色：「藍的夜，藍的月，光裸的樹枝像乾枯的手指，在藍色的雪地上搖晃」。克雷爾十根纖指攏進飛流直下的長髮，躥到另一幅畫前，又掀起覆蓋的報紙。這是一抹柔和的白色，豐滿又輕盈，而背景晦暗。克雷爾一手叉腰，另一手指頭敲點畫板，有點傲的樣子。經她這麼一激，我也來了情緒：「鴿子，一團抖動的溫暖的白雪」。「噢」，克雷爾低低呻吟了一下，忽地張開兩臂，彷彿一隻大鳥，撲扇著將我裹進懷裡。畫室的幽光將克雷爾的高額、細鼻、薄口勾勒得十分清晰，她肌膚透明，我幾乎能看見她顳間淡藍的靜脈，而室內光線之暗，令人感到與世隔絕。「怎麼了？」「沒什麼，只是……」「我明白……」克雷爾鬆開了我，我渾身肌肉緊繃，兩三步跳向門口，把身後的樓板震得山響。克雷爾跟了出來，也上氣不接下氣：「要麼，咱倆一起騎馬，好不好？」我嗓子有點發乾：「Laisse moi faire！」克雷爾把頭一揚，隨即一聲馬哨，翻身躍上迎面奔來的一匹白馬。

天落著毛毛雨。牧場這邊是花色母牛，有的臥地作沉思狀，有的憂鬱地咀嚼青草。牧場那邊是馬群，它們正隨克雷爾踢踢踏踏地兜圈子。我以前沒見過不幹活的馬，如今看著新鮮。這其中有一匹深褐色、白鼻樑，一溜小跑到我跟前，摺摺前蹄子，炫耀了一番，方才輕鬆地跑開，我驚喜不制。那馬似善解人意，又掉過頭來在不近不遠處立定，目不轉睛地注視著我。克雷爾此時卻在身後咯咯直樂：「他在打量你呢！」我先還傻乎乎發愣，等轉過筋來，克雷爾早「得得」地跑遠。她一頭淺髮在風中飄揚，白衣白馬。

我不願把關係搞僵，因此當克雷爾建議回書房時，我正好有了臺階下。克雷爾把紅酒、白酒、香檳倒了幾杯，擺到鋼琴上方，一邊彈琴，一邊自語：「喝紅酒的多情，喝白酒的無情，喝香檳的調情」。雖然拿不准她是不是在唬我，我不由得分外謹慎。但見克雷爾玉指擊鍵，垂髮象白金的雨簾，儘管已灌下不少，她更加伶牙俐齒：「無論男女，無論人獸，天下萬物都能相通。不信妳笨手笨腳闖進松林，連蘑菇都會被驚動……哪來那麼多的防人之心！哪來那麼多的清規戒律！哪怕有一分鐘按自己的本意生活，多少人枉活了一世……」她的灰眼忽明忽暗，有如雷雨的天空。我推說醉了，獨自下樓，倒在客廳的沙發上。克雷爾的琴聲卻不饒人，似輕雷陣雨，似晚鐘急潮，似月下花氣，不招即來，揮之不去，又彌漫了整個空間。外表豁達的克雷爾，心中似有隱痛。

次日一進實驗室，我就覺出氣氛的不同。嬌小的茜茜湊過來輕聲說：「德先生回來啦」，原來如此。這德先生少年得志，兼有Ph.D.、MD.雙學位，不到三十歲便當上實驗室的主任。當初分子生物學處於開發時期，他嗅覺靈敏，勇於開拓，使得他在此學科遍地開花的十多年後，擁有了捷足先登的優勢。院裡人都說他至少要接替德高望重的老院長。可近年來他忙碌在外，參加國際會議、作學術演講，蹲實驗室的日子寥寥無幾。

突然間，室內鴉雀無聲，一中年男子步入門來，他面頰瘦削，輪廓分明，尤其下頜的線條顯得極有個性；深陷的眼窩裡嵌著藍得發黑的眼睛，專注時目力逼人，卻掩抑不住精力過人的奕奕神采；而一頭濃密的灰髮，恰給他平添了成熟男性的魅力。竟是這樣一位漂亮得叫人害怕的人物！難怪男生談他時羨慕裡包含著嫉妒，女生提他時欽佩裡隱藏著傾慕。這樣一位明星模樣的學者，難怪成為了院裡的傳奇。只見德先生表情嚴肅，仔細地過問幾個課題組的研究情況，認真地與頭頭們交換意見。經過走廊時，他有心無心地瞥一瞥自己在大玻璃窗上的投影，氣度更加從容。他無需擺出居高臨下的架式，他知道自己的份量，而人們則眾星拱月般擁圍著他，理所當然地效勞聽命。克雷爾離他有兩三步之遙，看去精神略為渙散。大約一小時之後，德先生消失在克雷爾的辦公室內。幾天後，他登機赴美。然而，實驗室的工作進度明顯加快，研究生放棄了週末，克雷爾的檯燈往往燃到天明。學校當局當然欣賞德先生的魄力與才幹，他年年發表十來篇響噹噹的論文，大學光靠他的名義就能募捐到科學基金。然而，克雷爾煙抽得更凶，本來就有些怪的脾氣變得更怪，我原以為這是加班加點帶來的生理疲勞。

不料，一次工間喝咖啡，室裡的幾位資深人士聚在一道說悄悄話，學生們都知趣地閃過一邊。不知何故，女秘書溫尼忽然扯開嗓門：「其實克雷爾早就想辭職了！」克雷爾不是德先生的頂樑柱嗎？我們這些不知內情的學生不由得吃驚地交換了一下眼色。其實我一直納悶：克雷爾這人襟懷磊落，快人快語，可對頂頭上司德先生竟絕口不提。而回想一次晚會上，眾人忙不迭地念叨德先生的好處：室裡人人可借用他在法國南部的別墅度假，他百忙之中還抽空和後生們踢了一場足球……唯獨安東在旁冷笑，我當時就莫名其妙。而近來克雷爾舉止令人擔心，於是我決定向安東問個究竟。

可能我真問到點子上了，也可能他早就憋了一肚子氣，總之他開門見山，一吐為快：德先生與本院大多數師生員工一樣，是個天主教徒。他成親甚早，上大學時便拖家帶小，妻子的賢慧遠近聞名。十幾年前，克雷爾剛畢業，被德先生招聘，兩人共同創業，朝夕相處，發生了戀情。可德先生以事業為重，他既不同意與妻子離婚，也不願斷絕與克雷爾的關係。在七十年代的西歐，即使婚外戀如同一層窗戶紙，一捅就破，但為了升遷發達，這層紙還是不宜捅破。不言而喻，還有教會的約束、良心的譴責……話說這德先生絕非等閒之輩，不但維持住與克雷爾的關係，而且愈發倚重她頂在實驗室裡「出活」。我聽罷不免忿忿：「德先生這不是白佔便宜？」安東把眼一翻：「表面上還像個人似的！」令人費解的是，五六年前克雷爾曾大鬧一場，幾乎與德先生決裂，之後她仍舊留下來工作，而兩人的關係則成了一個謎。我詫異安東怎麼這樣消息靈通，他努努嘴：「其實室裡的『老人們』哪個不知道！」

想到克雷爾要強的性子，我暗暗歎了口氣。從前是她常約我上這兒上那兒，現在輪到我主動邀她開心散心。漸漸地，她的心緒平和下來，我們又恢復了「君子之交」。和克雷爾在一起，我的感覺係數放大，就像小時候在黑地裡走，正因為不知道前面是什麼，心裡反倒挺興奮。我們去水庫用麵包渣餵天鵝，一同到林子裡遛狗。當獵犬維拉被鐵釘紮傷，我倆連夜送它去獸醫站輸液搶救。薄暮溟溟，她身披大氅，攜我同登查理曼大帝的古堡，穿雲破霧。克雷爾當個女人是怪可惜了的，沒准這就是她所謂的「枉活一世」罷！而有她不離左右，我也免了「色狼」騷擾之憂，這點心思連安東都看穿了。那天克雷爾給我一大捧鮮嫩的雛菊，臨走還叮嚀著：「晚間放到涼臺上，花不容易蔫」。恰巧被安東撞見，「這才正中下懷？」他抿嘴笑問。我瞪了他一下，心說：就算你眼尖，我和克雷爾之間的事，你也未必清楚。

向晚時光，我與克雷爾坐在山頂的石凳上。落霞煌煌，歸鳥環飛，宇宙恢宏。因離塵世遙遙，我的嘴像拆了封條：「妳幹嗎不結婚？」「沒遇見合意的人……」德先生的名字滑到嘴邊，被我咽下去，而想起她往日對男人的抨擊，於是又改口：「妳不喜歡男人？」這回她沒吭氣，半晌，才從牙縫中擠出：「我有個小女兒，快五歲了，寄在一個親戚家。別問我這是怎麼回事，可孩子是蠻好的」。

後來我輪轉到其他的實驗室，與克雷爾隔了幾棟樓。她也開始捲入社會活動，張羅組織工會等等，忙得不亦樂乎，因此見面的機會稀少了。然而生日那天，我工作臺上的長頸三角燒杯裡，豎起一枝暗紅的玫瑰，雖然沒有留言，我肯定這來自克雷爾，而那花蕾天鵝絨般的質地，讓我聯想梵谷的夜空。等我進修期滿，啟程歸國，機場上聚集著送別的同事和朋友，人群中卻不見她的蹤影。克雷爾歷來是出人意表的，她不來自有她的理由。

克雷爾真的去南非了，我知道她早晚會邁出這一步，山外青山天外天。我可以想像她長靴窄褲，躍馬揚鞭。我總覺得克雷爾不屬於這個時代，也許她壓根就不該是個女人。如果克雷爾聽了這話，肯定又會笑我：連當個女權主義的膽量都沒有！再說，究竟誰定的規矩，怎樣才算個真正的女人？

（1998年）

當你錯過太陽時流了淚
反正我是中國人，正打算顯現我東方的美德……

當你錯過太陽時流了淚—憶導師

一進G教授的實驗室，就感覺不大對勁。我這老闆身高二米，粗手大腳，與其說像位學者，不如說更像個哥薩克騎兵。而女主管雪爾身患肥胖病，在工作臺間得側身才能勉強通過，你的目光不小心落到她身上，她就回你一眼，好像是你堵塞了「交通」。那天，她在休息室裡「呼嚕嘩啦」直比劃，模仿已經歸國的中國進修生老劉，「他吃飯就像牲口一樣帶響……」，我進屋後，眾人一陣靜場。更絕的是，室裡有幾個匈牙利難民，專為研究人員打下手備血樣，以前還沒料想美國闊到這份上。呆久了，才知道她們都是猶太人，跟這樓裡百分之九十以上的雇員、雇主一樣。我一不是難民，二不是幫工，又沒有同鄉會，那日子可以想見。

「柔斯要見妳」，那天室秘書多娜傳話，我有點心慌。柔斯是我老闆從前的導師，是學術界的名人。進得門去，一見之下，這權威人士竟是一位嬌小的婦人，微笑不由得浮上我的嘴角。她八十以往，目光清靈，碧眼偶一流盼，泛出一片智慧之光。她輕聲告我，兩位日本博士生有時去她家小坐，交換見聞，歡迎我也參加。往後，每逢週二晚上如果有空，我就去柔斯家，一杯咖啡兩塊點心，天南海北：松井聊他當年去巴黎，法國人反美情緒很濃重，用英語問路，行人則指示相反的方向。柔斯誇莫斯科的地鐵天下第一，堂皇華麗有如宮殿。我提起在威尼斯，康朵拉船工誤認我為東洋客，本打算狠敲一筆，弄清楚我是中國學生，這才大談馬可波羅……可不多久，我們又被柔斯佈置了「家庭作業」，每次每人朗讀、解說一段文字，然後讓大家發表評論。記得松井的「作業」是有關股市的新聞報導，我的則是一部小說的節選。那小說的書名記不清楚了，情節是講英國在一次大戰期間，男丁紛紛上了前線，女人們留在後方做義工。一位相貌平平的貴族小姐哀歎青春早逝，哭哭啼啼，被她奶奶一通訓斥：妳少給我犯酸，少來這套「中產階級」！（翻譯成當年的中國話就是：「妳別那麼小資產階級情調！」）。經老太太這番呵斥，那年輕女子警醒起來，恢復了自制。如此這般，兩個月下來，我的英語有長進，心理上也有調節。

那年春天來得特早，三月裡櫻花已開遍校園。午餐時人們都出來走動，在樓前熱熱鬧鬧像趕集市。我想找個清靜繞到樓後，卻見柔斯獨坐樹下，一頭白髮好似銀冠。我不便打擾正打算離去，她招招手讓我過去坐在旁邊。

「孩子，妳為什麼到美國來？」她叫我孩子，我心裡一顫，和盤托出：「我想上學」，說完馬上後悔。她知道我在國內念了研究生，又年過三十，而並不深究，我鬆了一口氣。倒見她略略沉思，首先提醒我經費的重要，「在美國，歸根結蒂就是錢」，接著才細細道出哪個系好，哪個學校貴，哪一州不適於亞裔女性，說得實實在在，就像一位年長的朋友。

過了「復活節」，柔斯沒來上班，我以為她出去開會了，聽多娜講才知道她其實生病了，不過「沒啥關係，只是在家裡休息」。我問多娜該不該去探望，她沉吟片刻：「柔斯這人比較要強……」我遂打消了念頭。好在不久，柔斯又上班如常。週二晚，日本人帶去一大把鮮花，柔斯蒼白的臉微透紅暈。趁松井他們正準備茶點，我悄悄問柔斯：「有人來看妳嗎？」「G教授等來過電話……」「生活上方便麼？」「我還能自理」，她對我笑笑補充，「美國不像中國」。我聽罷暗下決心，下次如有類似情況，我要來照看柔斯，反正我是中國人。

可還沒等我趕上顯示東方美德的機會，自己就遇到了麻煩，不得不去請教柔斯。我的房東是六十年代從臺灣來的一對夫婦。幾年前，培太太因不堪頂頭上司的「性騷擾」，去法院告狀，幾庭下來不單訴敗，而且丟了飯碗。這裡的華人都訕笑她「二百五」：吃點暗虧就忍了吧，在這大白人大男人的世界裡，你何必小題大作?培太太目前只好蹲家炒房地產。培先生為人沉默寡言，白天上班，晚上回家看報。還聽說他介紹過幾位大陸同胞來美進修。那週末適逢培太太外出，培先生邀我去Drive-in看個新片。我來美不久，還沒見識過美國的露天電影，那培先生人看去也君子模樣，就隨他一起去了。買票進了場地，上百輛車子早擠得滿滿登登，培先生把車停在頂後頭。那是一輛「小麵包」，他拉平座位，鋪開毯子，叫我跟他一樣仰臥著從窗口往外瞧。我稍微感覺彆扭，但也不便大驚小怪的。不料電影剛演了兩三個鏡頭，他就湊過來動手動腳。幸虧預先有防備，我「砰」地躍出車廂……回家以後，我越想越氣，恨不得往餐桌上摔十塊錢以示抗議，而因顧及培太太的面子，才勉強按住了。

上班後，我還咽不下這口氣，不知不覺走進了柔斯的辦公室。柔斯靜聽我的申訴，不動聲色，直到我氣憤憤地揚言要去培太太處告狀。柔斯兩眼毫無表情，好像兩顆瓷珠子：「妳說培太太人實在，不跟她說妳覺得對不住，可妳捅出實情對她有什麼好處？如果她不打算離婚，還不得照舊混下去？而且妳怎麼曉得她不知實情？」問得我啞口無言。又記得培太太平時有句口頭禪：「這家有事，那家出事，不外乎某某男人又占了便宜，某某女人又吃了虧」。也許培太太本是個明白人。不久，我便搬出培家，沒有步當初培太太的後塵。

柔斯在灣區無論開會訪友，總自己開車，她讓我放心，說從十六歲起她就在農田裡開拖拉機，給她爹幫忙，由此自然而然地談起了往事。三十年代初，世界經濟蕭條，社會主義思潮流行。柔斯進了城，參與羅斯福總統「新政」下的福利工作，思想十分左傾。在工會裡，她認識了一位廚師，兩人志同道合，便結了婚。二戰爆發，青壯年男子當兵，為美國婦女創造了空前的就業機會，柔斯到S校的實驗室當了個技術員。生物系某教授發現柔斯當技術員實在屈才，鼓勵她修課念完Ph.D.，後留校任教。S校是西部赫赫有名的學府，柔斯的專業又屬自然科學，聘用她作終身全職教授在當年極為罕見。到了六七十年代，柔斯已成為所在學科全球知名的學者。而正當她的事業發達之時，個人生活卻發生了危機。柔斯的朋友同事由從前的左翼激進人士，紛紛變成了科學家和教授，以致于她的先生心理上不能平衡，主動要求離婚。他們沒有子女，柔斯也沒有再婚。

我曾小心翼翼地柔斯詢問婚姻和子女的問題，她的回答很簡約：「女人在專業上要想成功就得全力以赴，你不能又吃蛋糕又有蛋糕，事情很難兩全。」我當時尋思，如今的職業婦女成千上萬，不再像從前柔斯那樣單槍匹馬，可事業和家庭的關係始終不好處理。見我一臉欲罷不能的神氣，她拍拍我的肩頭，目光變得又柔又暗：「如果妳錯過太陽時流了淚，妳也要錯過月亮和星星了」。

多娜是我在室裡另一位友好人士。第一次見她，就被她的美貌所震懾：飽滿開闊的天庭，小巧端莊的下巴，渾圓溜長的脖頸，活脫脫一位由十八世紀的油畫上走下來的英國貴婦。那天我看她整理堆積如山的病例卡片，突然把沉重的檔案夾子一撂，抬頭沖我微微一笑：「從前我是開業律師」。多娜從法學院畢業時剛二十多歲，才自精明志自高，出盡風頭，卻一頭栽進神經外科醫生R先生懷裡，放棄了專業，當了家婦，一連氣生下三個兒子；現在兒子們上了高中大學，她便來實驗室打個短工，以消磨時光。我剛到時，她開一部半舊的敞篷汽車帶我找房子、辦身份證，感慨萬端：「以前孩子們小，全家開這車出去野餐、野營，又唱又笑……」我去她家做客，多娜熱心地給我念她的家務經，如何用微波爐燒肉，如何自製水果冰淇淋……忽然間，她先生和兒子們身著花衫花褲，嘻嘻哈哈地闖入。見我一愣，R先生半開玩笑地：「在妳眼裡，我們是不是像一群二流子？」賓主間的氣氛登時愉快輕鬆。更絕的是，多娜不止對家務任勞任怨，還跟著先生改信了猶太教，積極參與他的集會、募捐等活動，連帶我去聽的音樂會，都有舉世聞名的小提琴手波爾曼，特地從以色列趕來助興。在美國，這種死心塌地的女人很少見。

然而，有一天我在銀行外無意間撞見了R先生，又是一愣：他一身亞麻西裝，一頂巴拿馬草帽，風度翩然不亞于好萊塢影星，正與一妙齡女郎雙雙步出嶄新鋥亮的跑車。想起柔斯的告誡：「人生顧此失彼」，我不免有些困惑。

後來，我滯留美國中西部，求學、就業，由他年的「放眼世界」，逐漸落實到只為「稻粱謀」。在事業與家庭之間，我選擇了家庭，更和西海岸師友的來往也淡泊了。某日清理抽屜，翻出柔斯多年前的一封舊信，她問我：「……你還是一個人生活麼？……」

在這大千世界裏，我步履匆匆。而與其他芸芸眾生略微不同的是，我偶爾能感覺身後有柔斯關注的目光。

（1998年）

月之暗面
那晚的月亮又大又圓，幾乎要落到地面，夜風和星辰也開始圍繞月球旋轉，要轉到月的暗面。

月之暗面——從科學家到隱士

S校在美國西部是一數二的。因校園之大，曉月與其他學生一樣，以自行車代步。昨夜在實驗室工作得很晚，早上起遲了，她一手拎著書包，一手扶著車把，匆匆上路。趕到行政樓前的噴水池，突然車子脫了鏈，曉月忙得手忙腳亂，離教室起碼還有半里路，卻只剩下三分鐘了！這時，一位開摩托車的男士徐徐停下：「車子出了毛病？」見曉月滿臉焦急，又挎著個書包，他不禁微微一笑：「別慌，去哪棟樓？我帶妳。」「南三樓六號。」只見他穿件連帽衫，中年人卻一付學生打扮，他讓曉月坐上後座，這才不緊不慢：「我叫吉米。正好我也去南三樓。」那天曉月是踩著點進的教室。

入校以來，曉月的生活基本上是四點一線：教室、實驗室、圖書館、宿舍。一開始她還滿得意，因為這旋風般的節奏使她忘卻了中國，和留在身後的種種活結死結：從西歐留學回國後找不到對口的工作，老公對自己身為人妻隻身出國、再度留洋，心存葛芥……但這個星期天的下午，她想停下工作機器，鬆一口氣。爬上校園的後山，曉月靠在一顆枯樹下閉目養神。忽聽盤山路上一陣「登登」的腳步，曉月懊惱地：「怎麼連在美國也沒個清靜！」睜眼一瞧，竟是吉米，兩人都有些意外。

「妳在白日做夢？」吉米說話有些隨便。

「不過是鬆弛神經。」

「美國讓妳精神緊張？」

「……」

「各有各的緊，是不是？」他朗朗一笑。「我帶妳騎摩托車兜風，來鬆鬆神經。」

曉月頭一個條件反射是退縮。看到她明顯的疑惑，吉米有些急躁地勸說：「來吧，有什麼了不起？要是人都成了機器，那還能有什麼意思？！」

這時一群鴿子翻飛而過，白雲似的在山巒上留下點影。也許為此，曉月的心情舒展起來：「是呀，Why not！」於是跟著吉米，奔上高速公路，像出了弓的雕翎。冷不丁，一輛敞篷跑車與他們並行，車上的幾個小夥子嗷嗷怪叫，鬧得曉月又緊張起來，這倒提醒吉米他和曉月都沒戴頭盔。「我可不願挨罰！」話音未落，他已拐進鄉間的岔道，接著奔向連綿起伏的山坡。正值盛夏，北加州乾旱，山上的草木黃中帶綠，不像冬季那樣一派青蔥。看來吉米是想露一手。他藉著慣性，在山谷裡橫衝直撞，有時只後輪著地，有時又兩手松把，嚇得曉月心驚膽戰，緊緊地摟住吉米的腰身，他則開懷大笑。這一下午他倆都很開心。

週一進了實驗室，曉月就小心翼翼地向女秘書們打聽「吉米」，如何長相，在南三樓工作……女秘書們交換了一下會意的眼神，微笑道：「那多半是M教授。」M教授？就是那個名聲赫赫的詹姆斯‧M？不但每個生物實驗室都在應用他發明的那項技術，就連刑警破案、工業生產都受益不淺？

曉月難以置信，所以又格外強調了那人的穿戴跟工友差不多，而且舉止大大咧咧。

「沒錯，就是他！」女秘書們更煞有介事地一齊點頭予以確認。

然而，吉米在校的名氣，不僅因為他學術上有成就，S校本是盤龍臥虎之地。吉米盡人皆知是因為他不拘小節，甚至「有失檢點」：那T恤衫、牛仔褲自不待言，他常與毛頭小夥子為伍，玩衝浪那些不要命的把戲；到了期中、期末，他開晚會通宵達旦，每每各色人種到會，坊間傳有吸毒之嫌，但由於業務強，為校方倚重，而不被警方深究。可說到底，吉米那「為人糊塗」，才真是被人嚼舌頭的熱門話題。拿曉月實驗室裏一位梳小分頭的博士生的話來說：「吉米有那麼一項發明，卻昏頭昏腦地賣給一家小公司，小公司由此發成大公司，吉米連個專利也沒撈上！」大有「如果是我」的氣慨。可他又補上一句：「可我得承認，吉米還是挺能出活兒的！」

所以，當曉月那天從信箱裡接到吉米的邀請，已不甚意外。她覺得吉米這人挺「葛」，有心去看個究竟。放暑假的第二天，本科生、研究生滿滿裝了三四車，浩浩蕩蕩向吉米鄉下的木屋進發。吉米一身短打，光著腳丫，熱情地把大家迎進門。美國開晚會，一般是聚會者各有奉獻，曉月那天捧出簡易的涼拌粉絲。「噢，中國素食，我最愛吃！」吉米說著伸手來抓，曉月覺出他有時故意裝瘋賣傻。吉米確實不像個正統的教授，冰箱上橫七八豎地貼滿他去南極和青藏之類天涯海角的照片，其中最勾人眼球的一張，卻是他在熱帶雨林中跟土著們一起，臉塗油彩，身掛羽毛，活像個遠離文明的原始人。據說他在那兒度過整個暑假，開學了還樂不知返。

因為對吉米有喜歡獵奇的成見，曉月原以為客人多是文化迴異的外國學生、學者，不料今晚來做客的，曉月是唯一的異鄉人。客人中只有一對掛著醒目耳環的男士，稍稍出格。「燒肉、啤酒，加上涼拌粉絲，倒是中西合璧，陰陽結合，」吉米向眾人這樣調侃，其實是說給曉月聽的：在晚會上儘管隨和一點，不要老端著個架子，落落寡合。

木屋不大，人聲喧嘩，曉月自然捧著罐啤酒走出坐到屋簷下，任夜風吹拂。又沒想到吉米也跟將出來，在她身旁坐下：「我希望妳今晚也能盡興。」

說著，他的表情認真起來：

「妳看西方人是不是自尋煩惱？我覺得屋子空空的，於是請了一堆人來；馬上又覺得太擠，就出來跟妳擠。而不管我們走到哪，總要建這個，造那個，直到把這個空屋子被填滿了，又去找新的空間！」

忽地，音響大作，地動山搖，搖滾樂如潮水般從屋內湧瀉：某女人撕心裂肺的傾訴，電子吉他激越而悲憤的大段獨白，峰迴路轉地，一男子低聲柔唱，似癡笑，似囈語，令吉米和曉月都洗耳恭聽。歌中唱道：「厭倦了躺在太陽底下，厭倦了躲在家中看雨……突有一天，發現十年已過／沒人告你何時起跑，你誤了發令槍／所以你跑呀跑，想追上太陽，可惜它已經下落……」，原來是平克・佛洛德的《月的暗面》。

那晚的月亮又大又圓，大得幾乎要落到地面。歌中又唱：「……到月的暗面，與你相會……」月的暗面？曉月只見到月的亮面，米黃色，略帶血紅。夜風沙沙地掃過環屋的高草，像精靈留下了腳步聲。有感歲月蹉跎，曉月黯然神傷。

同樣的風聲和夜氣，同樣的癡笑囈語，同樣的平客・佛洛德，那低迴的詠唱雖暫時阻滯思維，但在吉米，卻積蓄了能量，加高了勢能，而一旦那九曲回腸的歌詠停歇，他的思潮更如洪波湧起，一發即不可收：「妳看，工業革命讓藍領變成藍蟻，資訊革命更讓白領淪落為錢奴。一天到晚地工作是為了錢；然後把自己包裝成商品去市場上賣，也是為了錢，而且待價而沽。錢，錢，錢！到處是錢串子，我們活在一個多麼令人窒息的庸人世界！」

曉月雖知吉米不合時宜，卻不料他竟「前不見古人，後不見來者」，如此地憤世嫉俗：「妳能想像今天的某宇航員設計飛船、精於航太、去國會募捐，又能督理天外的部族？」他頓了頓，抬頭仰望月空，似乎夜風和星辰已經開始圍繞月球旋轉，越轉越快，他也要跟著騰空離去，要飛越到月的暗面……敗興的是，一位紮無數條小辮子的男性黑人出現，抱怨吉米溜號，未盡東主之誼。吉米被推推搡搡，不得已地跟他進了擁擠的會場。在忽明忽暗的光線下，曉月見吉米捱肩擦背地與客人們應酬，想得出他內心的寂寞。

不久，室主任潘恩教授給曉月和兩位從日本來的研究生一個共同課題，山本建議三人一同去附近的一間咖啡館晤談。這不是本科生們常聚會的熱鬧場所，而是研究生們的閒談幽會之地。三人剛剛落座，吉米忽地像從地縫裡鑽出來似的：「你們是談孔夫子還是釋迦摩尼？」一副打算介入的架勢。山本等見狀，知趣地引退，曉月對吉米的霸道作風不以為然，也跟著要退席以示抗議。而吉米俯下身，誇張地擺出恭請的姿態，倒弄得曉月有點下不來臺。

吉米訕笑：「到咖啡館來談學術？讓我給妳來點新鮮的！」

曉月知道吉米定有許多聳聽的危言，而且他上次似乎言猶未盡，於是索性坐下來，聽他拉開了話匣子：

「妳說人們在這裡約會、追逐，圖的是什麼？圖的是性交！而性交又圖什麼？圖的是繁衍後代，保存物種。其實生物界有各種各樣的方式可以傳遞基因，比如無性的或自性的，但為甚麼費這麼大勁搞兩性遺傳？這是由於大自然中充滿了寄生蟲。為防止被寄生蟲吃掉，物種便設法變換性質，而最與其自身性質相反的就是異性。在與異性性交中所產生的新物種，可以擺脫掉舊的寄生蟲。」

「縱觀進化的過程，雄性的作風是配偶越多越好，這樣能保持基因的覆蓋面大；雌性的作風是擇偶越精越好，這樣能保障後代有良好的身世，強大的庇護和安定的成長環境。雌雄兩性儘管做法不同，卻殊途同歸：保質保量，設法保存精良的物種。更準確地說，雌雄兩性一開始目的不同，但在互相剝削、互相利用的過程中，他們找到了共同點，於是成立了合作社。」

看曉月聽得入神起來，吉米出其不意地：「妳想和我睡覺，對不對？」曉月把眉毛皺起來，搖搖頭。

「一點也不奇怪！妳是雌性的極端，我是雄性的極端。妳是『要睡覺就得結婚』我是『要結婚寧可不睡覺』。我雖然喜歡妳，我想妳也喜歡我，」說著看了曉月一眼，曉月不置可否，吉米就進一步擅自發揮：「但妳我都太功利了！妳只想著終極，忘了過程；我只注重過程，不在乎結果。於是妳少了眼前的快樂，我沒有最終的報酬。所以，妳我雖互有引力，卻走不到一塊兒。這不是說教，只是實事求是的推理。然而，這次學術演講到此結束。」

說完，吉米大搖大擺地走了，把還沒有完全回過味兒來的曉月「晾」在咖啡間裏。曉月呆坐著，回味起吉米的「學術演講」，想想兩人種族、文化、身世之遠，琢磨吉米是否下意識地想有一個幾乎是基因突變的後代，任什麼寄生蟲也吃不掉？！

又是一個週末，曉月獨自在實驗室裡核對數據，卻見吉米閃進門來，手裏還拎了一串鑰匙：「去半月灣好不好？我帶妳乘遊艇。」曉月探頭望望窗外，晴空中的雲朵奇形怪狀，似冰清的雪峰，似璀璨的宮殿，又似耀眼的滿樹繁花。也許不該辜負這好天氣，曉月像被催眠一樣竟跟著去了。到了海邊，沙灘上遊人點點。吉米和曉月套上救生衣，跨上了乳白色的滑艇。吉米先在海灣裡兜了兩圈，陣陣水花濺到坐在礁石上的幾位少女身上，惹得她們嬉笑連天，那細細的水塵又在陽光中化為道道霓虹。吉米絕對不放過任何一個自我表現的機會，何況又是天時地利人和！他掉頭對曉月說：「這回可玩真格的了，妳準備好了嗎？」曉月不由得兩臂環抱住吉米，他放聲大笑。滑艇如運載火箭，凌波而去。海風，海浪，載著大洋的勃勃生氣，托舉著滑艇，彷彿擺脫了地心引力。曉月嚇得閉起雙眼，把臉深深滴埋在吉米毛茸茸的耳後。

等曉月把眼睜開，他們已停泊與遠離海灘的一座孤島。但見碧海銀灘，一兩個巨大礁石，幾處低低的灌木，到漲潮時分，此地乃一片汪洋。曉月解去救生衣，只剩下梔子色的比基尼，吉米眯縫起雙眼：「妳看去只要十七八歲。」不知是觸了曉月東方人的哪根神經，她沉下臉：「你拿我開心。」對她的裝腔作勢毫不介意，吉米更來勁地：「妳像只多汁的甜李……」，「得了，得了……」，「妳的臉燦爛得有如點燃的聖誕樹……」，「吉米，你要作詩？」吉米笑而不語，擒起曉月的一隻手，拉她進入一片叢林。

吉米寬肩細腰，健闊的胸膛上佈滿金色柔毛，睫毛眉毛淺得幾乎沒有顏色，而眼睛比天空還藍，就像古代北歐的維京海盜。也許是光線的反差，在青天白沙的映襯下，只剩兩個黑黑的人影，連風聲和浪聲都遠去了……曉月沈入深邃的海底，浮動的水草，斑斕的魚群，靜謐得無聲無息……隨即又漾出水面，迷失在一抹黑林，遠近有野獸奔走，兩頭半人半獸的怪物，一公一母，正在交媾，密林間偶爾傳來原始的低吼……

一陣尖銳的鈴聲，驚擾了曉月的迷夢。她踉蹌起身去接電話，鈴聲已斷。曉月睡眼惺忪地打開電腦，下意識地查找自己新的e-mail。果然有吉米的留言：「如果想通了，可隨時找我。」曉月抹去留言，茫然關機。

此後幾個月吉米音訊全無，從曉月的視野裏消失。直到某日聽室裏的那個「小分頭」說，吉米已經退職，也許另有高就。感恩節時舊金山一位朋友請客，曉月無意間又撞見了吉米。他已有幾分醉意，挽著一位比他高出半頭的窈窕女郎。打過招呼後，他又掉過頭來把曉月攔住：

「妳看美國人有點抽風是不是？在中國有書生，在歐洲有騎士，在美國只有牛仔！要想保存物種，你就得入鄉隨俗……」

曉月沒接茬兒，心裏卻說：吉米你別出車禍，別得上什麼怪病就行了。願你多多保重，好自為之。

可不久，「小分頭」出又爆出吉米的新聞：他去很冷的地方，上山作了隱士。興許這「小分頭」本是吉米的「粉絲」，不然怎麼總知道他的去向行蹤？曉月好奇地問起在美國「作隱士」是怎麼回事？「小分頭」說，就是不用電、不開車、自己種菜什麼的。曉月聽了悠然心會，又得知吉米平安無事，不由得抿嘴一笑。

但「小分頭」不分青紅皂白，馬上對吉米進行攻擊：「你別信他那一套，吉米可花哨了，他不會自甘寂寞的！」曉月聽了挺好笑：這些人對吉米是知其然而不知其所以然。吉米總要找新鮮、尋刺激，否則就會生厭。所以，「入世」久了膩味了，就想「出世」，去修身養性。可等到哪一天攢夠了仙氣，或盜得了天火，他還要返回人間，那時又定會有一番折騰，自是「小分頭」們始料所未及。

（1999寫，2014改）

單親媽媽，混種孫兒
海倫有一幀東方正教風格的聖母子圖，是以她自己和弗雷德為模特兒的，畫得又虛又靈。

單親媽媽，混種孫兒——怎麼也甩不掉家庭的包袱

即使按照美國女人的標準，海倫也夠出格的。

我當時是學生，想到Z教授處打個零工，來補貼生活費用，秘書教我在咖啡間稍候。只見兩個男生一高一矮，晃晃悠悠地踱進門來，一屁股坐下，繼續他們的對話。矮的問：「誰是海倫？」高的用鷹勾鼻子點點實驗室方向：「就是那個沖著試管裡的氣泡嚷嚷的女人」。我雖初來乍到，也忍不住噗哧一笑。後來Z教授雇了我，真見了海倫，才發現她並不是預想中那種張牙舞爪的更年期老婦，人儘管不是當今時興的瘦，卻也是該哪是哪，發得恰到好處。她總穿一身工作服，繃著臉，不愛跟人打交道，可也算禮貌周全。

不久，Z教授和醫院的其他幾個頭頭舉辦了一個新年舞會，海倫一條黑絲絨長裙曳地，髮根削得又青又高，斜斜挑上腦後，令人想起二十年代巴黎的仕女。從三十到五十歲年齡層次的男士，都爭相邀她共舞，而我們實驗室的男女老少，則只從遠處觀望。次日上班，海倫自然又成為談資：晚禮服的肩背太露，髮式過短，不一而足。海倫有兩個碩士學位，在工作上幾乎無可挑剔，但人們總在她背後說三道四。按說在此工作的有俄國人、印度人、中國人，要想找茬兒，目標有的是，為什麼總跟海倫過不去？

那天，兩個二十多歲的黑白混種女人，前後腳進來找海倫，一個高頭大馬，膚色像

熱巧克力飲料，另一個挺白，卻滿頭典型的黑人小卷。她們見了海倫，就唧唧刮刮說起外國話，跟在中國上海人聚會時的光景差不離。接著，休息室裡傳來她們放肆的大笑，隔著條過道，還是如雷貫耳，尤以海倫的笑聲刺耳。研究生伯特忿忿地把眼鏡往頂上一架，揑著兩隻拳頭，跳出他的寫字間：「我恨那個女人，我真的恨那個女人！」我想，他實際是恨海倫的笑聲。

由於Z教授喜歡雇外國人，拿到文憑後，我就在他那裡謀了份穩定的職業。有次在工作會上，他誇我工作第一流，鼓勵其他人向我看齊，其實我不過是安分守己，埋頭做事而已。Z教授本人出生于阿爾及利亞，長於法國，後又來到美國。也許他見的世面多，更懂得賞罰的道理。萬沒料到，我卻由此得罪下同事朱麗。我剛來Z教授處，朱麗對我最熱心，又招呼又安頓，還開玩笑要給我找對象。她黃眼褐髮，身上骨頭多於肉，是屬於「搓板」型的乾巴女人。而室裡無人不曉她的先生是位眼科大夫，她公公家裡有室內游泳池；且為了捍衛「男女平等」的權益，她率領幾個女博士生去觀賞男子脫衣舞，此舉在本地堪稱「前衛」。Z教授是位小事糊塗之人，朱麗又生性好攬事，於是在科室她自封「老二」，發號施令，Z教授對此也睜隻眼閉隻眼。卻說室裡的電腦大拿、俄國來的尤金新添貴子，未及通知室內同仁，卻已落得個盡人皆知。原來朱麗利用醫院的電子網路，上下求索，從產房檔案裡挖出尤金的底細。尤金氣得吹鬍子瞪眼，半晌隻只迸出這麼一句：「你他媽的狗拿耗子多管閒事！」

其實，我成為朱麗的眼中釘，原因不止是受了Z教授的表揚。自打朱麗採出我交了一位搞專業的白人男友，她就跟我過不去。一天，我的實驗報告不翼而飛，而朱麗已提前下班走人。我畢竟是文化革命的過來人，又迷信在美國法律面前人人平等，於是咋呼著讓全室都知道我的報告丟了，於是經過許可，在幾位同事的案頭一通翻騰，當然是一無所獲。該著老天長眼，一個厚皮本子由朱麗書桌上方滑脫下來，掉到地板上，抖開的一頁，竟赫然現出我的大名：某年月日，報告只記陽性結果，沒有陰性記錄；某年月日，午餐後遲到三分鐘……按說我是新來的，她還是「帶」我的，我的意外自不在話下，連幾位旁觀者也像掉了下巴頦。我原以為只有在中國人窮志短，窩裡鬥狗咬狗，美國人安居樂業的，憑什麼搞這些小動作？男士們搖搖頭紛紛退下，意思是娘兒們就是事多。海倫卻冷冷拽給我一句：「她是怕你爬上去」。

從此，工休間海倫和我有時一起到樓外園中小坐，我因而對她的身世有所瞭解。海倫的外祖父是荷蘭的外交官，她的母親在當年的荷屬爪哇長大，養成好冒險、獨闖天下的脾性。年方十八，她回歐洲度假，邂逅了一位德國著名的律師L先生，發生戀情，遂滯歐不返。L先生是有婦之夫，且在納粹政府裏頭高就。當時二戰初起，荷、德對立，於是海倫母親在兩國均有間諜之嫌。又據說L先生離婚未遂，而海倫已呱呱墮地。戰後，L先生屬戰犯遭受監禁，海倫母女則被引渡回荷蘭，當作「荷奸」關進了集中營。到了五十年代，海倫母親在阿姆斯特丹一所大學裡任教，L先生則在漢堡的律師事務所重操舊業。然而，海倫總抹不去童年時的屈辱記憶，尤其是她十來歲時隻身赴德認父，被女傭拒之門外，至今令她刻骨銘心。

海倫秉承了母親的性情，只是更加任性和偏激。她成了大學裡無政府主義、左翼團體、女權運動的積極分子，參加反美、反蘇、反戰各種大示威。我認識海倫時她已年屆五十，一雙綠眼還不時迸發出熱烈的光彩，只隱沒在兩扇濃密的睫毛之後，忽閃忽閃的，像孔雀搖曳的羽翼，有如夏日午後移動的綠陰，可想見海倫當年會令多少男人傾心，伊恩就是其中一個。

伊恩出身古老的世家，是大學裡托派的成員，海倫與他在集會中同出同入，意氣相投，而伊恩特別迷戀海倫的奔放開朗，稱她為「熱情之花」。當伊恩終於下決心把兩人的關係向家裡挑明時，海倫在瀟瀟的雨夜，獨立運河橋頭，等候回音。可伊恩沒有出現，一天、一周、一個月過去了，海倫不間斷地在橋頭癡望，冷雨漸漸化為冰雪。

耶誕節前夕，一支美國艦隊抵港。海倫一反常態，沒有加入學生的抗議行列，反而同街頭那些「不體面」的女子們一齊擁上迎接，不但陪舞酗酒，並同一個黑人水手過了夜。六十年代初，種族界限分明，連美國都如此，保守的歐洲自不待言。海倫顯然不是靠賣身來謀生的，那黑人感動之餘竟向海倫求婚。海倫不知是賭氣還是向伊恩進行報復，心說：「你走你的陽關道，我走我的獨木橋」，便一不做二不休地答應跟那黑人一同去美國。海倫母親聽後可嚇呆了，苦苦相勸，卻被海倫反唇相譏：「至少我是明媒正娶！」砰然摔門而去。其實，海倫如此做也並非全然意氣用事。她意識到，待在荷蘭，她怎麼也抹不掉恥辱的家史，而且永遠無法從那致命的失戀中自拔；去美國，倒可以跟從前一刀兩斷，一切從零開始，「脫胎換骨」地開始新生活！於是，海倫義無反顧地出走了。

擺脫了歐洲的狹小天地、狹小心胸，來到新世界，她精神一振。黑人老公在一家藥廠工作，挺賣力氣，不久兩口子買房買地，生下兩個女兒。然而老公回家越來越遲，回來倒頭便睡，酒氣熏天，鼾聲動地，到後來乾脆整夜不歸。海倫終日洗涮他一堆堆臭衣服爛襪子，抱孩子做飯，心中的美國夢漸漸地走了形。

但她發誓不向命運低頭，先上夜校，後求職，終於能夠在經濟上自力更生。而老公不但不回心轉意，反而惡語相加，老拳相向。到此時，海倫已經從美國人那兒學到兩手了，拉他上了法庭。最後經法庭判決，房子、子女歸海倫，那黑人還得承擔子女撫養費。到此時，海倫對比自己在歐洲的際遇，寬慰之餘竟小有得意。

不過她未免高興得過早。女兒們一上學，麻煩就來了：她們覺得自己比黑人白，白人卻覺得她們黑，裡外不是人：社交、找對象，處處碰壁。海倫咬牙讓女兒們完成了高等教育，當上記者、護士，但兩人都未婚而成了單親媽媽。她們的言談舉止總令人感覺唐突，久而久之，這更似乎成了她們的防身武器。有一次，小女兒含淚質問海倫：「媽，妳幹嗎這樣下作，既然知道我們活著得受罪，幹嗎還要生下我們呀？」海倫勃然大怒，扇了她一記耳光，母女倆半年多沒有過話。可在社會上，一家人打腫臉充胖子，個個爭強好勝。當記者的女兒在報上撰文呼籲：黑白混種不應劃為黑人或者白人，政府需要另辟欄目。當護士的女兒則到我們室，為保障婦女「人流」的權力而募捐。波斯灣戰爭時，當護士的女兒應徵入伍，海倫替她帶孩子。那小男孩名叫弗雷迪，眼睛烏黑閃亮，十分招人喜愛。海倫當眾誇耀：弗雷迪因成績優異被私立學校破格錄取，期中又因表現突出上了校長的光榮榜。私下裡，她卻悄然對我講：「從弗雷迪臉上，我哪找得到自己的影子？」說罷歎了一口氣。

一天，海倫兩眼紅腫地遲到了。午餐時，我問她怎麼了，她的目光一片迷霧，喃喃地：「鮑爾」。這鮑爾是工程師，興許趕上中年人的感情危機，到室裡來裝修儀器時對海倫一見鍾情。鮑爾所在的公司，離我們城二百英里，儘管與我室只有零星的業務，他卻每週無誤地跑來看海倫，而且每次送把紅白相間的鬱金香，荷蘭的國花。雖說海倫對荷蘭恨之入骨，去國多年從未返鄉，可那鬱金香依然令她欣喜。

鮑爾中等個，有些謝頂，戴副金絲眼鏡，看去挺斯文。他與太太的關係不好，但因顧及子女，婚姻一時半刻不易斷絕。海倫已然飽經風霜，對母親早年與L先生的關係早不再苛求，更樂得聽信鮑爾的說辭。那是暮春初夏時分，繞窗的薔薇沁人心肺，海倫讓樓上各個房間門窗洞開，任夜風流動，躺在深藍光滑的緞被裡，想像鮑爾的光臨……海倫的坦誠有時令我尷尬，但她往往一發即不可收，也許只是想找一個沒有惡意的局外人，發洩胸中的鬱悶。

後來，鮑爾調去南方，多半年沒有露面，這次幽會是因鮑爾出差途經此地。海倫刻意地打扮了一番，最後一刻又決定帶外孫弗雷迪同行。可鮑爾一見弗雷迪臉色就變，儘管海倫解釋這不過是替女兒幫忙，鮑爾始終東張西望地坐立不安。最後兩人冷淡分手，竟沒有吻別。「竟沒有吻別」，海倫不能釋懷。「那妳幹嗎不臨時雇個保姆？」我插問。「我其實在試探他，看看他到底有沒有誠意」。看來這個摸底很有效果。

不久，同事裡又添了位剛從中國來的老林。這天，老林給我亮他的「全家福」，子女一個個白白淨淨，齊齊整整，就跟老林一般體面，怪的是照片上開了個「天窗」，我也懶得追問。當朱麗跟大夥吹風：「老林搞上海倫啦！」我認為搬弄是非是朱麗的本性，所以沒有當真。直到眼見老林每天給海倫帶來中國小炒，並且用筷子親自夾到她碗裡去，那相敬如賓的架勢，才使得我將信將疑。總之，老林的這份殷勤，終於開花結果，海倫開車替他搬家具，幫助他改寫英文稿件……

不想在老林全家遷來的前半拉月，他忽地向我示意海倫的「作風」有點「那個」，表情看去還挺認真。往後，常見一位中年中國婦人來室裡找老林，畏畏縮縮，滿臉堆笑，臉貼在門外的玻璃上像只蛤蟆，我才似有所悟。據海倫吐露，老林因出身不好下放農村，不得已下娶一個農婦；以我估計，那年頭沒准算是高攀。這女子傳宗接代固然功不可沒，老林則別有一番滋味在心頭。現在，老林已辭了大學裡的事，開了個東方雜貨鋪。上次我光顧此店，見他腰圍粗了兩圈，把幾個墨西哥幫工指使得四腳朝天。轉身，又用他那帶九江口音的普通話大罵美國當局，原來他女兒上醫學院政府沒給補貼。

時光流逝，春夏秋冬。某日室秘書宣告海倫出了車禍。我給她家掛電話，她說車子壞了，人沒傷著，但聽去語氣消沉。不久，又聽說海倫已因工傷退職，我聽完頗為納悶。再後來，便下落全無。

耶誕節期間，教堂裡熙熙攘攘。在繚繞的香火中，一幅幅聖像顯得又虛又靈。我記得海倫曾向東方正教的一位修女學畫聖像，有一張聖母子圖我看過，是以她自己和弗雷迪為模特的。那年的冬天特別嚴酷，堅冰不化，大雪封門，我因而想起海倫當初沒有汽車，為爭得經濟獨立，曾冒著暴風雪徒步幾小時，外出打工……難道她從前不肯向命運低頭的精神已經被壓垮，只剩下在阿姆斯特丹運河橋頭那顆被冷雨澆透的破碎的心？

（1998年）

移民夢—究竟美國的新家好，還是德國的老家好？

移民夢

他好像回到阿爾卑斯山腳下的故鄉，爺爺那溫馨的老木屋。

移民夢——究竟美國的新家好，還是德國的老家好？

漢斯坐在臺階上抱頭痛哭，雖已六十開外，他實在忍不住了，他想德國，他要回家。

說起家，那可是一個遙遠的記憶。南德的一個小村莊，木屋座落在山麓。爺爺門前有棵白花花的梨樹，早上陣雨過後，那一樹繁花在晨光中亮得晃眼。漢斯的爹死在冰冷的俄國，他娘早早地另尋人家，漢斯打小就跟爺爺、奶奶一起過。戰後的德國處處荒敗，缺吃少穿。記得那年耶誕節，奶奶從美軍那裡領回來人造黃油、巧克力，做了一隻又肥又厚、沉甸甸的大蛋糕，漢斯至今想起還直咽口水，哪像如今美國超市里那些盡摻白糖的假貨！鐵路接通了，漢斯就跟爺爺搭幾十裡的火車去慕尼克。戰爭中，那城市被盟軍夷為平地。爺爺牽著他的手，由市政廳前走過，娓娓訴說從前每到鐘點，鐘樓裡五彩繽紛的木人木馬，伴隨著美妙的音樂旋轉而出，都有好幾百年的歷史了。爺爺是位出色的木匠，小漢斯一直跟他學手藝。等漢斯長到十五六歲，自個兒跑到慕尼克。這時鐘樓、教堂已經重新拔地而起。在剛修復的大啤酒館，漢斯與幾百上千的男子漢引亢高歌，然後咬咬牙離家當了礦工。

就是在礦上，他遇見了埃娃。那年頭人們普遍缺營養，而埃娃天生元氣足，紅紅的臉蛋像只蘋果，身段曲線迷人，是人見人愛的日爾曼美女。漢斯個頭不高，當年卻渾身是塊，唇上兩撇小鬍子，特別招埃娃喜愛。雖然他有時也和別的女人混，可從來沒真動過埃娃，他要把這人生的美酒留到新婚之夜。然而，晴天一聲霹靂，埃娃跟了個美國大兵，連個招呼也沒打，就飄洋過海遠走他鄉。漢斯先是氣得跳腳，後來就真成爺爺所說的，「房子亮著燈，裡面卻沒有人」。那天，他麻木不仁地在街上亂逛，滿街花花綠綠的廣告，全是說美國如何天下第一，人人有房子有車……漢斯突然開了竅：他媽的老美不就占了點地利，而憑我這德國人的勤勞肯幹，難道還幹不過老黑？！於是，漢斯撇下哭哭啼啼的爺爺奶奶，用原先預備娶埃娃的積蓄買了張機票，展翅高飛了。

他的舅舅戰前移居美國，在中部開了家熱狗店，所以漢斯倒不費事地找了個落腳點。多少出乎他的意料，舅舅早將德國的祖姓施密特，改為不起眼的史密斯。儘管鋪裡照賣地道的德國香腸、泡菜和啤酒，但憑這點入鄉隨俗的機智，使他在戰爭期間免受了嫌疑。舅舅嘮嘮叨叨，勸他進「福特」或「通用」，說這些大企業是鐵飯碗，工錢、勞保都給得好。而漢斯膩味了給人家幹活，他臉上、身上的肌肉塊塊飽蘸，決心要自己混出個人模狗樣。人各有志，舅舅還嚼什麼舌頭？

一開始，漢斯的運氣挺不賴：德國人在此並不受排擠。雖說曾是美國人的手下敗將，但不像日本鬼子，他們是來自西歐的白種人，更甭提德國的工匠工藝名揚四海。於是漢斯單槍匹馬，獨自包攬了木匠、電工、管子工種種活計；不出幾年，蓋房子買地，娶了老婆琳達，又生下兒子維利。這琳達中等人才，持家有方，漢斯的日子過得巒紅火，幾乎覺得自己變成了美國人。

誰知命運偏偏跟人作對，事情都從那天起變糟。莊園主迪克要蓋間庫房，本地人賴瑞與漢斯一起投標。迪克講求實用看重工藝，漢斯由此得標。那賴瑞二十出頭，一頭紅髮，滿鼻頭雀斑。他依仗叔父在局子當差，鄰里全讓他三分。可漢斯自恃本領高強，不肯謙讓。他帶著兩個幫工去迪克處，見賴瑞同幾個無賴堵在入口。當漢斯等驅車經過，賴瑞嘰裡咕嚕地罵道：「德國佬！」漢斯耳朵尖，跳下車來跟賴瑞評理。賴瑞正想找茬兒，就勢沖漢斯啐上一口：「納粹分子，滾回你的老窩去！」漢斯這人向來吃軟不吃硬，哪受得了這個？他揮出一拳，賴瑞登時倒地，滿面鮮血。雙方的弟兄蜂擁而上，扭作一團。這時迪克掄著杆萊福槍奔將出來，向天上連發幾梭子：「該死的，你們都給我住手！」賴瑞被打斷鼻樑骨，送上了急救車，警方則拘捕了漢斯。從此他獲得「那個德國人」的惡名。

於事無補的是，漢斯手指頭雖巧，腦子似乎少根弦，同別人的關係總處不好；而兩盅酒下肚，往往信口雌黃。藥劑師傑克原籍英國，因漢斯也來自歐洲，又愛品評美國人的長短，兩人原有些來往。一天，他倆呷著啤酒，從衛視收看一部有關二戰的紀錄片。其中納粹的V-2飛彈得手，把倫敦炸得稀巴爛。漢斯看得興起，手舞足蹈，捶著傑克的背連聲叫好：「瞧，我們敲掉了你們多少皇家空軍！」傑克氣煞臉黑。漢斯從此更名聲在外。在美國，如果人家對你不懷好意，黑人就變成了黑鬼，亞裔就成了越共，漢斯的身份不言而喻。

總之，雇主漸漸缺了，工錢也給得少了，沒有多少討價還價的餘地。禍不單行的是，漢斯因賴瑞得罪了警方，無論是錯停車還是車超速，動不動就吃罰單；而不管是他家的狗失蹤，還是他本人的工具箱被盜，報警後屁事不頂。最頭疼的是維利開始和鄰居的孩子們打架，總受圍攻，鼻青臉腫地回家。假如漢斯能學乖點，忍住窩囊氣，憑他那點手藝，日子總該混得下去。可他生性倔強，人又驕傲，一語不合便與雇主翻臉，生意竟變得不易包攬。先前神氣十足的漢斯，如今垂下兩隻眼袋，腆起個肚皮，還得上了糖尿病。

不久，小鎮上來了個溫伯格大夫，聽名字就知道是猶太人。漢斯料想這新來的大夫未必千里眼順風耳，於是搶先去撞撞大運。溫伯格五十有餘，鬢角微霜，兩隻手保養得極好，當大夫的嘛。聽完漢斯的自我介紹，他和氣地說：「我在本地剛開業，診所有些內裝修，你可以試試看」，然後定下每小時五塊的工錢。錢雖給得少了些，有什麼法子呢？由於不能按期交付銀行的貸款，漢斯的房子和地，面臨被沒收的危險，饑不擇食呀！幾天後，溫大夫欣賞著辦公室裡的書架、茶几，滿意地直搓手。他叫住才告辭的漢斯，沉吟道：「我家裡也有不少活計，我的地址是……」而漢斯難為情地搔搔後腦勺：「我沒有車」。溫大夫不大相信地皺起眉頭：「那好吧，我派秘書來接送你」。

溫大夫的家隱沒在密林中。汽車沿著野花點點的小路，經過藍天倒映的池塘，停在一座田園風味的木房前。女主人有客，漢斯在前廳等候。天氣好極了，漢斯在屋裡坐不住，便轉遊到遊廊前。忽聽裡面一個女人，粗聲大氣：「……蘿拉，男人有什麼了不起？掙的錢都不一定比女的多……」沒聽見另一女人吭氣，肯定她的男人掙得多。「……要說體力活，我們女的有錢還愁什麼……」這話漢斯聽了特彆扭，又暗幸自己的老婆琳達沒有這樣囂張。不多時，那張揚女子出現在門口，臨了還繼續嚷嚷：「有空到我們洛杉磯來散散心，老呆在這犄角旮旯，還不得把人給憋死了！」果然，這女客穿著不分男女，是那種咄咄逼人的職業女性。漢斯不戴敬地扭過頭去，無意間瞥見女主人，眼前一亮又一黑。漢斯揉揉眼睛：那不是埃娃麼？除去少女的癡肥，哪兒都沒變！那綢緞一樣柔亮的軟髮，那陶瓷一樣光滑的肌膚……倒見那女人笑盈盈地過來，伸出一隻纖手：「你好，我先生才來過電話」，眼神清澈見底。漢斯有些眩暈，手心裡冷汗津津。那女人見狀忙請漢斯坐下，遞過一杯咖啡，又對上了牛奶和白糖。漢斯定下神來，明白是自己看花了眼。

溫大夫家有幾十畝地，並非農田，而是適於遛馬和散步的牧場和森林。溫伯格指示漢斯，繞房附加一些亭台，並架一座小橋跨越池塘，通往孩子們在對面山坡上的遊戲室。攬上了這筆生意，掙的錢也夠他家過一冬的，漢斯的心踏實起來。而對於使用漢斯的廉價勞務，溫大夫兩口子本來挺心安理得的，卻忽然打算見好就收。這倒不是有什麼良心發現，只因蘿拉那天窺見漢斯顫悠悠地上房，險些跌下來；萬一真有個閃失，那醫療費用可是天文數字，蘿拉勸先生辭掉漢斯。不料漢斯苦苦求情，又保證帶兒子維利來幫忙。溫大夫耳朵根軟，到底同意了：不但在花園裡放置野餐的桌椅，還沿水池邊裝修柵欄，項目不斷地增加。起初，漢斯到溫家打工，純粹為養家糊口，可他天生是能工巧匠，兼有德國人的敬業精神，不知不覺地在這兒設計花樣，在那兒添加雕刻，傾注了不少心血。有一次，溫大夫叫他修一個游泳池的跳臺，他擅自改動方位，使得房屋與庭園顯得更對稱和諧。跳臺落成後，連自認高明的溫大夫也沒有二話可說。

有那麼一年半載，漢斯天天來這兒打工，休息時就躺在芳香的牧草地，讓晶藍的矢車菊蓋住雙眼，彷彿又回到阿爾卑斯山腳的故鄉。琳達對漢斯如此熱衷於上工，感覺不對勁，勸他另尋飯碗。漢斯強辯：「我的工錢已漲到每小時六塊，再說，你讓我上哪兒去找這麼穩定的收入？」琳達聳聳肩也無可奈何。有次，他正在屋後裝修室外的樓梯，冷不丁，聽見琳達在屋裡正向蘿拉哭窮：「我們又養了一個小女兒，錢不夠用，小寶貝斷了食……」胡說八道！漢斯聽得幾乎氣炸，琳達這婆娘還要不要臉！？漢斯人有心氣，憑本事吃飯。他看不起那些領政府救濟的，認為他們不是沒出息，就是耍無賴，占公家的便宜。要在從前，琳達膽敢如此下賤，他會躥出來聒她一耳光；可現在他得小心點，頭天琳達還鬧著打離婚呢。漢斯忍氣吞聲地躲在牆角，任蘿拉掖給琳達二十塊錢，她這才開著那輛轟響的破車走人。

卻說漢斯的兒子維利已經十三四歲，性子越來越野，有時漢斯把手都打腫了，那小子也不服管。頭晚上，維利跑漢斯追，追到一棵大樹底下，維利麻利地上了樹，在樹上呆了一整夜，漢斯乾瞪眼。漢斯明明知道出了麻煩也並不總是維利的過錯，可回家一看門窗玻璃全被砸碎，一肚子的惡氣還得往維利身上出。有一天維利去鎮上，天色已晚，那家越南女人的飯鋪已經打烊。維利見四下無人，撩起幾塊磚頭，就照那飯館的鋪面狠拽，櫥窗上破了個大窟窿，維利還是不解氣：「憑什麼這黃臉婆掙得比我爹還多？！」有人及時報警，維利那回算僥倖脫身。

另有一次，學校放暑假，維利跟他爹去溫大夫家幫工。溫家的女兒瑪莎見他就出鬼臉，蘿拉見怪。瑪莎說：「那傢伙從來不洗澡，在班上誰都躲著他！」當維利和他爹到園子裡搭葡萄架，正趕上瑪莎在園子邊上摘覆盆子。也許有點內疚，瑪莎姍姍走來，將滿滿一把果實遞給維利，表示友善。維利本想拒絕，刺傷一下她的感情，忽見一粒粒紅漿果，襯著瑪莎白嫩的小手，頓起血淋淋的幻覺，十分地刺激……「誰知這小娼婦安的什麼心？」維利不自覺地捧過覆盆子，心頭異樣，而那異樣的躁動又令他更加激惹。

這種失控的情緒持高不下，直到某天達到頂點。維利又隨他爹去溫大夫的診所，在地下室打一個儲藏櫃，不料馬上被秘書叫去一通訓斥。她責備維利拉屎不沖馬桶，還扔了一地手紙。那大嘴巴的婆娘煞有介事：「……診所是醫療衛生場所，不容許……」滾你媽的蛋！為避免把那婆娘的胖臉抽扁，維利衝出門外，這才透過一口氣來。甭想再回家了！維利明白一回家，他爹就得往死裡打；而要真的把維利逼急了，也不愁把老頭子摺個仰八叉。自從跟哥們麥克那裡借來本《我的奮鬥》，維利的火氣越來越大，膽子也越來越壯。希特勒那小子真酷，這世道太不公平了！麥克的媽離婚四次，每換一家，麥克不是挨繼父的毒打，就是得跟那些王八羔子睡覺！麥克說他不能再忍下去了，乾脆出走，等到了歲數就去當兵。「在部隊上能學些本事，沒準將來能出口惡氣，至少可以回來揍那幫兔崽子！」麥克談起這前景時無限嚮往，眼睛發光。看來維利也只好走這條路了。儘管維利在家境比較好時，曾經幻想當個藝術家，他畫的米老鼠、唐老鴨是那麼生動，老爹總要拿到熟人面前顯擺。可現在還提著個這個幹嗎！於是維利跟麥克搭夥，扒車上了加利福尼亞。

維利好幾天沒回家了，起先漢斯並沒有特別介意。那天，他照常上溫家打工，琳達來電話告訴他維利跑了。漢斯心裡一沉，登時像五藏六腑都被人掏空，就跟埃娃當年跑掉時的感覺一模一樣。當他趔趔趄趄地晃出門，屋裡卻鋪天蓋地地樂聲大作，那是蘿拉又開始她一天的消遣。近年來漢斯的手腳不甚靈便，耳朵也背了，而此刻他的耳朵倒尖利起來。他雖說不出個道道兒，卻能斷定那准是一支德國曲子。他飄飄悠悠好像登上高山，迎著團團霧氣，向空中的精靈呼喚，彷彿是古代傳說中日爾曼的英雄好漢……接著，他扯起嗓門用德語高歌，豪情不下當年在慕尼克的啤酒店……蘿拉聞聲由窗口探頭，目光關注，漢斯從來辨不出其中的真假。唉，這蘿拉……而管他呢！漢斯斂住氣憋足勁打算再唱，卻不成調子了，終於泣不成聲，像一攤爛泥倒在臺階上。

維利出走後不久，琳達也搬出去了。漢斯懶於上工，過一天是一天。後來有人上門討債，要收走房地產。那晚上在酒吧裡喝完悶酒，漢斯一拍腦門恍然大悟：「錯就錯在當年背井離鄉，混到美國這鬼地方來！」他遂打聽出德國公民備受政府的照顧，窮人也有公寓和醫療保健。當然啦，出門得用公共汽車，可漢斯反正在這裏也沒了車。他把房子和地賣了還債，所餘的錢還不夠買張機票。「三十多年前，我還能拍拍屁股就走人」，漢斯咧咧嘴乾笑。虧著溫大夫小動惻隱之心，漢斯好歹登上了座機。他實在不想收這猶太人的錢，他發誓回德後一有機會馬上就還錢，溫大夫容忍地笑笑，漢斯則羞愧地抹去濺到花鬍子上的老淚。

（1999年）

黑人不黑
薩克斯風拼命嘶叫，如同非洲莽原上的熱風。艾迪摟著那母豹的細腰，不知是醒還是夢。

黑人不黑——能混成中產階級

麥琪的那雙褐眼，乍看不大起眼，卻像一對煙色水晶，從某一角度望去，忽地光芒四射，懾人心魄。至少那天埃迪看麥琪時恰是如此。

三十年前埃迪隨軍駐地德國，在法蘭克福基地的後勤部門裡工作。週末時他去軍人俱樂部，一進電梯，裡面的幾個軍人和他們的太太馬上閃過一邊，尤其是女士通通躲到男士的背後，就跟埃迪會把她們生吞活剝了似的。惟有一位褐眼褐發的年輕女子，既無回避，也無輕蔑，神態自若地向埃迪行注目禮，而她身旁的男士立即挽起她的手臂，令埃迪不禁心中暗笑。埃迪是黑人，身長八尺，又是個軍官，這難免教某些白人神經過敏，埃迪對此已經習以為常，出乎意料的倒是那位與眾不同的褐眼女子。

半年之後部隊換防，將由西德調往南越。當時越戰正緊，且戰局不利，誰都知道那是個送死的地方，所以歡送會開得格外熱烈。晚會上人人喝得個酩酊大醉，連埃迪也不例外，要不然他怎會在舞池裡同好幾個當地的白種女人跳舞？謠傳基地附近的姑娘們為了能去美國，甚至不惜下嫁黑人。某些官兵雖然像埃迪一樣在美國有家有小，卻抱著生死未卜，不妨及時行樂的態度與德國女人們交往。但埃迪沒有昏頭，一來不占人家的便宜，二來不當人家的跳板，不過是跳跳舞而已。當他退向酒吧時，倏見一位身姿細巧的女子，搖搖擺擺地迎面而來。她穿一條金褐絲絨帶黑色圈點的緊身連衣裙，好似金錢豹不出聲響地款款度步。酒吧裡燈光迷離，煙霧繚繞，舞曲陣陣襲來，有如非洲莽原上燥熱的旱風……像一頭母獸相准了獵物，那女子圓睜起原來眯縫的睡眼，眼色也由幽暗化為金亮，還沒等埃迪回過神來，兩隻細爪已將他輕輕擒住。他疑惑是夢，而那柔軟的肉體分明偎依懷中！大廳內小號、薩克斯風競相嘶嚎，如脫韁的野馬，埃迪鎮不住周身的顫慄……可他動彈不得，他的心像鉛一般沉重，正如他的皮膚像夜一樣漆黑。彷彿要掙斷枷鎖，埃迪終於奮身一躍，疾步奔出門外，灌了幾口冷風後，哇哇地吐個不停。埃迪事後總拿不准，那金錢豹是不是酒後的幻覺？然而他還是費心打聽出來，那電梯裡的姑娘就是酒吧中穿絲絨緊身裙的女郎，名喚瑪格麗達，是位當地的德國人，已嫁給了白人中士傑瑞。

光陰似箭。越戰後埃迪退役，在一家大電器公司作經理。在外人眼裡看來，一個黑人能混到這份上，還有什麼好抱怨的？可他自己心裡有本賬。埃迪出身小業主，為了擺脫一般黑人的命運，他父母千方百計地將他送進白人的寄宿學校。小埃迪的成績好，老師以為他作弊，被召到校長室裡一番審查方才作罷。而班上別的男生卻不肯甘休，活活把埃迪堵到校園的犄角裡一陣痛打。小埃迪不但忍住沒跟父母訴苦，而且由此學會在考試時不斷出些小錯，只巴望這幾年的寄宿學校裏「平安無事」。誰知「樹欲靜而風不止」。埃迪高個子、彈跳好，是學校的籃球隊主力，學校單靠他比賽時奪標。臨畢業那年，校隊去省城決賽，教練硬說他不配與其他隊員同住一個旅館，叫他另尋住處。埃迪一聲不吭地扛起行李回家。儘管他知道由此闖下了大禍，心裡還是有股說不出來的痛快！他父母都是過來人，見他如此歸來，也不多加責怪。幸虧當時馬丁・路德・金的民權運動正鬧得風風火火，他父母鬥起膽求告教會出面說情，同時又放風聲要找律師打官司，寄宿學校才發給埃迪一張畢業證，讓他好歹進了個黑人的私立大學。

埃迪大學畢業了，正趕上越戰部隊缺少技術人員，他當上軍官；後來憑著服役優異的履歷，他得以在大公司裡供職，擔任個中層經理。論起學歷、資歷，埃迪比同級的白人都高，可他加班加點，從不遲到早退；而一有新技術，他立即參加培訓，絲毫不落伍。即使如此兢兢業業、謹小慎微，公司裡總有一些人橫豎瞧他不順眼，好像他們之所以爬不上去，全是埃迪和其他少數族裔的過錯。按說猶太人和義大利人、愛爾蘭人的後裔也受氣，但他們畢竟是白人。而少數族裔中又分出三六九，黑人顯然是墊底的。沒錯，人們可以當埃迪的面，訓斥新來的黑人雇員：「能讓你們進來就不錯了……」人們可以無中生有地散佈謠言：「總部為了不犯政治錯誤，給了埃迪一個當經理的指標……」那天他在走廊吸煙，聽見辦公室裡人們議論競選：「如果傑西・傑克遜真的選上總統，FBI也會馬上把他幹掉！」……這些年來埃迪不但耳朵聽出繭子，連心頭也長出老繭來了，可他前次上紐約出差還是挺受刺激的。由於身穿便服，埃迪怎麼也叫不到計程車，眼見幾十輛車擦身而過，大有躲閃不及的架式，好像他是什麼作案的兇犯！你說，這到底跟三十年前有什麼兩樣？

話雖如此，埃迪與黑人們也合不攏。記得為了黑人的慈善事業，他曾參與一些募捐集會。就因為說話不帶黑人腔調，舉止又彬彬有禮，落得個「外黑裡白」的「假白人」的綽號，很不得人心，他便不再去自討無趣。而最讓埃迪頭疼的還是他的太太琳。當初他倆在大學裡相識，無論從性格還是從外表上看，琳都像一隻打足了氣的皮球，示威、罷課她踴躍參加，搖滾樂、吸毒她也不甘落後。埃迪對琳的激進行為不盡贊同，卻被她周身的青春活力所吸引，尤其那烏亮的肌膚，那貝殼一樣光潔的牙齒……他們閃電結婚，琳懷孕退學，埃迪則上了前線。等埃迪復員返鄉，發現琳已面目全非。不知是時代變遷，還是歲月不饒人，她晚起晚睡、抽煙喝酒，或在珠寶店裡流連忘返，或為肥皂劇中的紅男綠女哭鼻子抹淚。埃迪曾建議琳不妨找個工作，她表示不屑為幾個臭錢奔波。某天埃迪下班回家，屋裡亂得跟狗窩一樣且不說，連頓熱飯菜也沒給準備。胖得不成形狀的琳深陷躺椅，臉色像塊抹布或爛菜幫子，脖子上卻掛著一根比一根粗的金鍊條，使埃迪自然想起了鄰居的黃狗。他衝口而出的話顯然不中聽，琳則撂在地上打滾，從此拉開兩口子幹架的序幕。每逢鬧劇的高潮，琳便一口一個「你虐待我……」，「我要上法院告……」，六十年代造反時學來的那點政治術語，全搬到家庭糾紛裡來了。

某天晚上，琳的哭鬧不但攪得家中雞犬不寧，而且驚動了鄰里。埃迪見琳太不成體統，勸她去看心理醫生。不料這火上澆油，琳一蹦三尺高，登時恢復了當年的元氣，手指頭戳著埃迪的鼻尖，說他蓄意進行人格中傷，斷然要求離婚。埃迪雖與琳過得無滋無味，因念及子女，沒敢動過離婚的念頭，如今見琳主動提出，倒也樂得個順水推舟。殊不知琳馬上破涕為笑，討價還價地對離婚提出種種條件。結果是埃迪被掃地出門，而且甭想賴掉撫養費！說來也怪，埃迪被刮得個精光，卻像贖回了賣身契；特別是聽到琳與社區裡前民權份子羅姆同居的消息後，他連心裡原有的那絲內疚也蕩然無存了。而離婚沒幾年，埃迪好房子好車的，又過起中等水準的生活，加上是單身漢，逍遙自在的，惹得朋友們怪眼紅：「你小子要不是黑人，早就大發了！」埃迪心裡暗嘀咕：「大發的黑人也不是沒有！」埃迪知道自己的斤兩。

那是在一次工作會議之後，埃迪的公司與一家軟體公司達成協議，雙方慶賀一番。埃迪將橙汁對進杜松子酒裡，站到角落陷入沉思：「該退休了，自退總比請退強……」他早不對在公司裡的升遷抱任何指望，而年過五十五，他總排除不掉被解雇的無形壓力。突然，一位身著淺駝色西服套裝，短髮利索地理到耳後的職業婦女立在跟前：「嗨，我是麥琪……」埃迪有些不解地握握對方的纖手。那女人把一副精巧的金絲眼鏡架在頭頂，一雙褐眼閃閃爍爍，埃迪不由得拍拍腦門。那女人莞爾一笑，一隻眼略微斜視，晶亮滾圓，喚起了那久遠的記憶：「瑪格麗達！」於是其餘的便成為歷史。

回溯德國姑娘瑪格麗達隨美軍中士傑瑞來到美國，逐漸變成美國女人麥琪。作為戰敗國戰後的孤兒，她無家可歸，曾和鄰居的孩子們一起沿街乞討。艱苦的童年練就她膽大潑辣的作風，在工廠裡人稱「假小子」。同美軍基地的大兵們打過幾次交道以後，她便跟他們開卡車、駕吉普，在大兵之中很走紅。中士傑瑞出身工人，來自汽車城底特律。他身材瘦小，其貌不揚，入伍前交過幾個女友全吹了，當兵出國後則抱著在國外碰碰運氣的心理。那瑪格麗達人雖說不上漂亮，可是熱情奔放、敢做敢為，自有一番魅力，關鍵的是不像美國女人那樣挑肥揀瘦的，於是傑瑞把她娶回美國來。而瑪格麗達不但人勤，而且腦子快，來美國後發現處處是機會，如魚得水。她先上夜校補習英語，接著念完高中，後來又選讀大學課程，幾年下來居然拿了個企業管理的學位。當然，既做工又上學還得帶孩子理家並非易事，可比起在德國戰後的歲月，這又何足掛齒？瑪格麗達的生存能力強著呢！她改稱麥琪，在電腦行業做事。以她的背景，公司派她開展中歐的業務，不時出國旅行。麥琪由一位下層職員，提級提薪，慢慢地升為中層的經理。

與她恰成對照的是，傑瑞復員後一直在汽車廠當技工。他剛回國時，日本汽車傾銷美國市場，公司很不景氣。仗著大兵轉業，又是工會鐵杆，傑瑞本人的飯碗沒問題，可眼見著日本鬼子橫行霸道，廠裡的哥們被開銷，他很窩心。且說跟小日本還沒拼出個高下，又殺出個廉價勞務的墨西哥！還有沒有美國工人階級的活頭了？他認定華盛頓那幫子脫離群眾，不是腐化就是無能，於是不再相信官方的宣傳，轉而投向維護白人權益的右翼團體，終於在家門口扯起一面南部邦聯的旗幟，來宣明自己白人至上的立場。一天，傑瑞等幾人聚飲抨擊時政，從美國目前「狼多肉少」都是因為黑鬼和女人占了便宜，從黑人把持了不少要害部門（像寇林・鮑爾將軍隨時可能發動軍事政變），到有些白人已在鄉下組織民兵，不怕一萬，就怕萬一！哥們一個個義憤填膺，摩拳擦掌。當話題跳到政府「引狼入室」的移民政策，家庭裡「陰盛陽衰」的經濟分權時，眾人的結論是：美國不久國將不國，家將不家，白種男子的大權旁落！那傑瑞原先興頭十足，猛然被觸到心病，不由得臉色大變。幾年來，每次麥琪的升遷，都被他視為對他自身的貶損，早就暗生羞憤，這次又被哥們當眾挑明，索性橫下心來跟麥琪一刀兩斷，免得落人笑柄。而那也是七八年前的往事了。

至於埃迪，自離婚後斷斷續續和一些女人有來往，然而黑種女人文化教養不夠，白種女人又有種族隔閡，沒有稱心如意的對象。這時瑪格麗達又突然闖進他的生活。雖說當初是短暫的邂逅，她妖冶的風姿，不同凡俗的作派，一直令他傾心惶惑，多年後也不能忘懷。這次顯然是命中註定，老天爺把這風情獨特的女人再一次送到眼前，他動心了。兩人開始幽會，果然相處得十分默契。那天，埃迪似乎漫不經心地提起他打算賣掉舊的住所，在麥琪住所的附近買一棟小房。麥琪聽了不動聲色，只用那圓圓的褐眼略略斜視他，微笑地恭候下文。埃迪把這當作鼓勵的信號，沉穩地繼續，彷彿在談論一樁生意：「……你是獨立的婦女，我尊重婦女的獨立。雖然我這人有點粗，可你我挺合得來，在經濟上又都自主，為什麼不可以合起來買一座大一點的房子一起住？你想想，下雪天我可以送你去上班，大清早我也能喝上你煮的熱咖啡，是一個蠻不錯的合作社嘛。為保險，房屋的抵押金我們可以分別付，先試試，好則合，不好則散。你看怎麼樣？」

麥琪不置可否，埃迪撅撅他的厚嘴唇，便不再往下說。

耶誕節快到了，麥琪去購物，總拿不定主意該送埃迪什麼禮物。一想起那內秀的黑人，她心裡就升起一片溫情。麥琪已五十出頭，眼看子女都快成家了。原先嫁給傑瑞時，年輕沒經驗，像戰後的許多德國姑娘一樣，對美國盲目崇拜；後來跟傑瑞離了婚，又忙於在公司裡出頭；等想望的學位、資歷、經濟獨立樣樣到手，卻落得個孤身一人，而周圍看得上眼的男人，個個已有家室……不過她也不願窮將就。巧在那天開聯歡會，麥琪一眼就從人堆中瞥見埃迪。也難怪，他那麼虎背熊腰的，當初瑪格麗達就為此所動，如今與他相處更有一種前所未有安全感，好像在社會上征戰困乏了，可以倚靠著他寬厚的肩膀歇息。說來也好笑，表面上麥琪爭強好勝，其實內心還是個小女人。隨著跟埃迪接觸機會的增多，麥琪不但發現兩人投合，而且發現他為人通情達理，不像傑瑞或別的白種男人那樣，動不動就盛氣淩人。尤其在埃迪那天苦口婆心的遊說之後，麥琪更不知不覺地總惦念他……

「麥琪！」有人在背後呼喚，她轉過身愣了半晌，方才認出那是從前的女伴金姬。倒退二十年前，麥琪、金姬等幾個美國大兵的外國太太定期聚會，嘗朝鮮辣菜，吃德國香腸，聊家常、倒苦水，感情上互相支持。金姬是典型的遠東美女，扁頭扁臉小眯眼，滿頭烏髮如黑亮的軟緞，白皙的皮膚薄得透明。金姬總愛跟人擺乎大兵們當初如何為她爭風吃醋、大打出手。同麥琪一樣，她也入鄉隨俗，將繞口的金姬改為順口的詹妮；所不同的是，她更上一層樓，墊鼻樑割眼皮，頭髮染成紅栗色，遠遠望去，與她那混種的女兒就像一對親生姊妹哩！麥琪免不了一番恭維，詹尼自然咯咯地笑不住口。

卻說麥琪近年來是個忙人，跟當年的女友們斷了聯繫，可談起舊人舊事，她首先問到的就是阮玉，而一片陰雲罩上了詹妮的臉：「她離了婚，聽說回越南去了」，弦外之音是阮玉已經下了地獄。阮玉的老公伯尼在越南時與傑瑞同屬一個營隊，因此兩家曾來往較密。記得十多年前的一個盛夏，傑瑞、麥琪應邀去伯尼在鄉下的家中會餐。那是一個赤日炎炎的三伏天，連狗都躲到陰涼地吐著舌頭直喘氣，卻見阮玉跪在菜園子裡拔草。見客人們來了，她趕緊爬起來，搓去泥巴，局促地伸出那鱷魚皮一般的糙手，麥琪當時就心裡一震。進餐時，伯尼點上香煙，翹起二郎腿，單等阮玉端上新鮮的瓜果菜蔬。「我沒啥好酒肉待客，這果菜倒是頂呱呱的！農藥、化肥一點不沾邊，地道的有機農作物！」一番自誇之後，伯尼咧嘴大笑，與傑瑞開懷暢飲。席間，麥琪側眼窺見阮玉額頭那塊褪色的青斑……

耶誕節來臨，埃迪和麥琪有意避開親友，到麥琪家過節。在客廳的中央，她那株聖誕樹別具一格：不像一般美國人，花花綠綠地將彩燈和小玩具掛滿一樹，麥琪的聖誕樹只用白絲帶、銀燭光做點綴，顯得清新聖潔。茶几上擺滿了丹麥的餅乾，比利時的巧克力，法國的紅酒，都是麥琪特地從歐洲選購回來的，流露出她思鄉的情緒。埃迪則靜靜地坐在沙發裡，聆聽麥琪為他遴選的爵士樂，那孤獨華美的曲調令他迴腸盪氣，撫今追昔。終於，他小心翼翼地給麥琪獻上一只藍光幽幽的訂婚鑽戒。多少出乎他的意料，麥琪二話沒說地接受下來。驚喜之至，埃迪沒頭沒腦地問起「金錢豹」的往事。麥琪先是一怔，隨即又掛上那不置可否的神秘笑容。而不待埃迪將心中的疑團解除，她已開始計畫他們未來的日程。幾經商量後，他們議定先去佛羅里達度假。雖然可以預料，某些高爾夫球俱樂部會口是心非，其實並不真正歡迎黑人成員；雖然也得作好精神準備，說不定哪家餐館的侍者會陰陽怪氣地笑問：「帳單分付，還是……？」麥琪和埃迪依然興致勃勃地打點行裝，盼著出發。也是時候了。

（1999年）

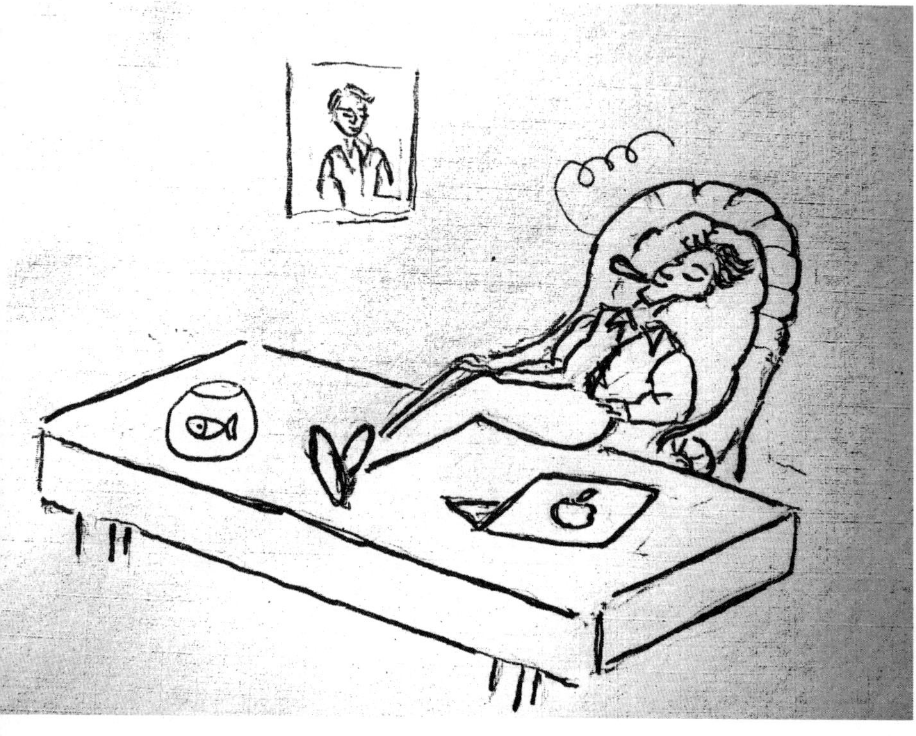

向上爬

他欣賞那陰沉的目光，他喜歡那一身的精肉，他實在很愛自己。 常言道：人生從四十歲開始……」

向上爬—「英雄」不問出處

鄉村律師包比‧侯德坐在辦公室裡，偶然瞥見自己面容在落地窗上的投影，那目光之陰沈，使他不由得一驚。包比下意識地眨眨眼，把眼睛瞇縫起來，那眼神立時變得似睡非睡，像夢一樣迷蒙。他對這副神態實在中意，手托起下巴，又換了幾個角度自我欣賞。包比很愛自己。他知道女人總被這目光所誘惑，他現任妻子貞便是其中之一。

十多年前他窮愁潦倒，棲身簡易房，靠打零工養家糊口。雖說他素有「滑頭包比」的綽號，卻連張高中的文憑也沒混上。十七歲上，包比一時走火，把遠房親戚帕蒂捅出個大肚子，被迫娶親，至今想起都有後怕。帕蒂五大三粗，橫豎都有富餘，當年壯得像匹種馬。在一個暑氣蒸人的盛夏，天邊悶雷滾滾，那娘們挺胸撅臀，對包比招招逗逗。包比中了邪，兩眼發直，死盯著她裸露的肚臍眼，昏頭脹腦地跟進了馬廄，窩窩囊囊地套上了轡頭。而不出三年，已下了兩個崽兒，包比活活變成精蟲機器。且不提那女人老得有多快，一身鬆皮，上床簡直叫人目不忍睹。按說他老爹侯德原是鄉間的警長，也算個方圓幾十裡有頭有臉、無人不畏懼的人物。老頭子一貫偷雞摸狗倒不稀奇，只是年近五十鬼迷心竅，拐了個十五六歲的婊子私奔，拋家棄小，從此老侯家一蹶不振。當初若有老爺子撐腰，帕蒂的事也好賴賬，可她娘家又偏偏趁人之危提供住房，硬讓生米煮成了熟飯。帕蒂占了便宜自知理虧，由著包比在外邊使性，為籠絡他還乖乖做了絕育手術，包比卻橫豎咽不下這口氣。冷眼掃了掃凌亂骯髒的住房，蓬頭垢面的帕蒂，他心裏那份膩味就別提了。何以解憂？唯有啤酒。沒錢買酒，只好跟那幫窮鬼們廝混。包比頗為自己抱屈。

那天他百無聊賴坐在屋前，一位藍眼灰髮的男子停下車，操英國口音：「小伙子，聽說你會修理電器，能不能給拾掇一下我家的空調？」說罷衝小山坡上那座白房子一指。他看去三十多歲，開一輛半舊半新的跑車，儀表風度有別於本社區的土佬。「沒問題，我得空就過去瞅瞅」，包比似笑非笑咧咧嘴。「謝謝。我叫亨利，我太太貞就在家裡。」亨利即驅車離去，車後揚起一陣黃塵。包比這才想起社區裡新來了一家，租了附近最好的一棟房子；男的上醫學院，女的是護士，現因產後居家調養。「敢情賺大錢的大夫也窩在這貧民窟裏！」包比有點幸災樂禍。不過一聽愛德華、亨利這些英國式的名字他就來氣：「少他媽的裝洋蒜！你要真是查爾斯儲君，還上我們美國來討飯！」這時屋裡傳出孩子的啼哭和帕蒂的叫罵，包比挪動屁股拎起工具箱，朝山頭的小白房子走去。

記得那是晴朗的初秋，朵朵黃花繞房。包比走上台階，感覺心情異樣，不由得放慢腳步。他叩叩虛掩的門，只聽裏面有人應道：「門開著，請進來。」他走入，卻不見人，側身一探，內室現出一極秀麗的身影，陽光由東窗射入，照在她又細又亮的長髮上，映出一輪光暈。那女人正忙著照料嬰兒，聲音圓潤悅耳，包比禁不住對比起帕蒂嘶啞的嗓門。只見她懷抱嬰兒款款步出，目光清淺，體態輕盈。包比機械地拆卸空調器，貪婪地吞飲周圍甜香的氣息……過了兩天，亨利再度驅車經過，面帶微笑發出邀請：「包比，你活兒幹的不錯！沒事到我家來坐坐。」對這個洋腔洋調的英國佬，包比有本能的抵觸，和中西部其他勞工一樣，他對外鄉人從不感冒；與他們不同的是，包比對念過大學的書呆子除了嘴皮子上的不戴敬，心裡頭卻暗暗嘀咕：為什麼這幫人總能爬得上去？他的直覺告誡自己，光憑市井那兩下子混不出模樣，他還得像狗一樣豎起耳朵，隨時窺測動向。所以，去拜訪亨利家之前，包比仔細地理了髮，修了面，沖了澡，還灑了點廉價的克隆水，這惹得帕蒂大驚小怪：「你今兒是怎麼啦？」他聳聳肩沒吱聲地出了門。

從此，包比成了亨利家的常客。別看亨利那傢伙牛氣，心眼倒滿實誠，只要包比拉下面子虛心求教，就給他講解代數、物理，一五一十。包比眼都不眨地認真聽，表情之恭順謙卑，活像一條沒二心的狗。亨利對包比十分欣賞，生怕像他這樣機靈的小伙子落得個沒出息：「你補補課考上技校，能當個有執照的電工。那你老婆孩子不都有指望了？」亨利言者無心，包比卻聽者有意，他認定亨利是敲打他一家子至今還依靠老丈人的接濟；尤其是當著貞的面說，顯然是故意羞辱。然而包比眼下沒工夫去計較這些雞毛蒜皮，他不能丟了西瓜撿了芝麻，此時此地，他對攫取亨利的無償輸出更感興趣。

卻說有次兩家聚餐，包比咂咂有聲地呷酒，被亨利好一通奚落。那豬玀一發既不可收，又挑剔起包比拿刀叉的姿勢，接著訕笑美國人都沒教養，津津樂道，眉飛色舞。這實在是欺人太甚，包比臉色泛青，虧著貞打岔給圓了場。那晚上包比翻過來倒過去一夜沒合眼，直到把亨利的那身肥膘與自己的一身精肉做比較，好歹告慰了受傷的自尊心。可他又怎能忽略貞那同情的目光？往後，亨利家似乎帶了磁性，包比止不住往那兒跑，雖說不清為啥，只覺得特來情緒。當然啦，亨利在時，就補習功課……沒多久，包比發現亨利學業纏身早出晚歸，貞孤兒寡母的，身單力薄無人照應。於是包比主動替貞修車子換輪胎，及時陪她抱孩子上急診，不乏君子風度。亨利見狀沾沾自喜：「這小兄弟還滿夠交情！」而貞在感動之餘，更向包比推心置腹，原來她也是落難人家的子弟。她祖父當年有一家電氣公司，家道殷實；她的父親卻五毒俱全，是個敗家子。貞為擺脫家庭的陰影到醫院打工，遇見亨利才過上安穩的日子。亨利鼓勵並資助她上完護校，如不是意外地懷孕生產，她還想進醫學院呢。「可亨利不願我上醫學院，」貞神情有點黯淡。「他是怕妳翅膀硬了遠走高飛？」包比小心翼翼地刺探。「亨利說，他一人當大夫錢就夠用了，」說罷垂下長長的睫毛。分手後，包比身子燙得像塊烙鐵，到冷雨裡澆了半天也降不了溫：「論相貌論心氣，我和貞是正好般配。那老豬肥嘟嘟，又大貞十好幾歲，哪能給她解癢？！虧就虧在我們兩人都有了拖累……」

冬去春來，兩家一同外出野營。傍晚，篝火熊熊，亨利和帕蒂忙著燒熱狗，包比暗自交代八歲的女兒照看貞兩歲的兒子，便與貞悄悄溜進叢林。月亮從樹梢升起，輕煙繚繞，大地罩上一襲薄紗。貞宛如一朵風中抖動的雛菊，面無血色，嬌噓不已。包比一把鉗住她的纖腰，欲望好似岩漿迸發……貞平素規矩如天使，包比早料其中有詐。果不其然，才撥撩幾下，她便顯出原形，包比不得已用手指插進她的喉管，才勉強壓住那母貓一樣的呼喘呻吟。此後，不管是山前屋後，玉米地小河溝，哪怕三五分鐘，兩人都要過把癮。包比自十二歲下水以來，搞的女人無數，就數這會的感覺最好，主要是心裏舒坦。貞也日見著滋潤，平添了往日欠缺的豐韻，以致亨利某日嘖嘖讚嘆：「貞，寶貝兒，你可愈發出落啦！」

且說貞聽了並不受用，因為此話勾起了她的心思。她強作歡顏掩飾慌亂，匆匆將亨利打發走人。而亨利前門出，包比就後門進，迫不及待地動手動腳，這回貞卻僵得像個木頭人兒似的。包比見勢不對打住，貞這才嚶嚶泣訴：「我懷孕了。」包比乍一聽五雷轟頂：「我怎能斷定這是誰的雜種？！」恐懼、厭惡險些叫他露了馬腳。倒見貞可憐巴巴地抬起淚眼：「我去做人流，省得亨利疑心，」扭身背臉時還流露出冷漠與輕慢。包比怎捨得這叼到嘴裡的獵物？他一邊使出渾身解數哄勸貞，一邊大腦充電緊張運算：「何不將計就計，來個一不做二不休？！」一股股濁流在他心底翻滾冒泡……某個念頭騰空一閃，像電火劃破夜空：「怎麼以前我沒轉這條筋，真該死呀！」像是生怕聚寶盆會被旁人搶去，包比用兩臂將貞緊挾，自己倒激動得出不來氣：「貞，嫁給我吧，咱倆是天生的一對！」不料貞掙脫他，躲過他的目光，可那意思實在明顯：「憑什麼？你連個鐵飯碗都沒有，亨利馬上就是開業的大夫了！」他頂恨別人做這種比較，何況這比較來自貞。「你們走著瞧吧！誰也不是我的對手！我缺得就是塊牌子，就是……」包比強抑制心頭羞惱，把下唇一咬，僅從牙縫中擠出幾個字，且吐得又慢又輕：「妳自己拿主意吧，或者回去給亨利當老婆，或者跟他吹！」，說完拉出走人的架勢。此時貞心亂如麻，包比卻目光如水，閃閃爍爍的，冷酷中似帶溫情，更揪她的心，遂哭成了個淚人。包比方才將貞攏過來，另一番撫弄：「妳聽我說，跟他離婚，孩子歸妳，叫他繳撫養費。妳啥損失也沒有，白換了個和我一起過活，只賺不賠。妳上哪去撿這便宜！」見貞聽得用心，且抹乾了眼淚，包比遂瞇縫起兩眼，好似登高望遠：「我已有電工執照，妳先作單親媽媽跟政府領救濟，帕蒂這邊好對付……既然妳懷了孕，」一絲不易覺察的微笑爬上他的嘴角，「撫養費就多要一些。沒準不單夠妳上醫學院，還能供我上法學院呢！」包比的這番開導，令貞且驚且喜，驚的是從前竟小瞧了包比，喜的是原來他肚裏有這麼多名堂！如有亨利的錢和地位，卻換上個包比的身子骨，那不是兩全其美？！這筆賬貞還算得過來。彷彿吃下定心丸，她不再抽抽搭搭，眼睛也跟著發亮。至於胎兒是誰的，不必深究，反正亨利是冤大頭。

接下來免不了幾場惡戰，但這是包比主動向命運挑戰。憑良心說，他渴望這挑戰由來已久，從第一眼窺視貞他就開始盤算……又說回他七八歲上，參加過一個同學的生日晚會（順便說，這小子的爹是律師）。那華陰如蓋的甬道，燈火輝映的噴泉，使他大受刺激，此後對上等人的羨慕和嫉妒一直咬齧他的心。現在老天爺掉餡餅，包比明白自己時來運轉，一身本事總該派上用場。他馬上授意貞如何跟亨利找碴鬧彆扭，小題大做，哭哭啼啼，又指點她一反往日真假難辨的柔順，肆意頂撞，惹得亨利暴跳如雷，出口傷人。貞對包比言聽計從，包比的伎倆屢試不爽。而貞一得手，便借機出走，在親友間散布她「遭受虐待」。亨利自以為貞不過是鬥小氣兒，沒真放在心上，照樣去學校上課如常。直到貞上法庭控告他「辱罵配偶，不盡父職」，並要求分居時，亨利還丈二金剛摸不著頭腦。他不能想像，貞與他已有一子，又懷身孕，怎能為區區小事分家？他更不能理解，一年半載之內，他就是個大夫，全家就可過上好日子了，難道貞瞎了眼？！

那天帕蒂哭鼻子抹淚，向亨利抱怨包比踹了她娘兒幾個，同時一股腦兒抖落出她對貞的種種猜忌，亨利這才開始從記憶裡慢慢搜索：貞與包比相處時歡聲不斷，他一出現便沉默寡言；每晚上貞都蒙頭大睡，他原以為是妊娠反應……想到此，他腦門上青筋暴起，跳上車子，沒頭蒼蠅似地在社區裡團團亂轉。突然他又像開了竅，踩大油門朝貞的娘家衝去。不想在光天化日之下，竟見包比和貞肩挨肩，手挽手，活生生一對熱戀的情人。亨利失控地向包比撲去：「你這垃圾臭狗屎，忘了你算老幾，癩蛤蟆想吃天鵝肉，膽敢騎到老子頭上來了！」瘦小的包比被敦實的亨利一把揪起，雖面色灰白，卻目光如鐵：「貞嫌你噁心，你盡可問問她自己！」只見貞手臂環胸，兩眼斜視亨利，滿臉的鄙夷不屑。這可真是奇恥大辱，亨利渾身的血液凍結：「妳這母狗，妳這不要臉的娼婦，我非宰了妳不可！……」，登時警車警笛大作……警察奔上前來，將亨利死死按住。亨利在派出所蹲了一夜，剛出來就從法院傳來貞堅決離婚的要求。這可是落到駱駝背上的最後一根稻草！亨利決意鋌而走險，攜帶幼子潛逃。而警方早在機場等候，包比則穩坐家中淺斟小酌。亨利一無例外又撞到槍口上。警官對包比的料事如神讚不絕口，包比則更在貞的心目中身價倍增。由此貞認定亨利毫無良心道德，對自己的所作所為遂心安理得。由此，亨利在警察局積累了令人信服的劣行記錄：虐待妻子、綁架幼童，有暴力傾向……於是法庭利索地作出判決：「批准離婚；且男方必須按期繳付子女的生活費……」

然而那是十多年前的往事了，亨利不過是包比前進道路上的一塊墊腳石。物換星移，如今包比是律師，貞也當了大夫，都是斯斯文文的體面人物，不再與那些穿牛仔褲、T恤衫的老粗為伍。包比曾用好幾年的時間，每週花兩個晚上攻讀某大學的分校，好歹掙下個文憑，又連考三回，才取得律師資格；但考慮到原先的基礎，包比還是挺為自己驕傲。比比自小一起長大的哥兒們，那個不靠賣體力吃飯？再瞧瞧包比，一不是低聲下氣的文書，二不是走門串戶的推銷，而是坐在自己事務所裡翹二郎腿的大律師！他及時打進當地的紳士俱樂部，來往者清一色專業人士；不久前又加入商會，抬頭低頭所見，都是董事長和州裡的參、眾議員。近日他琢磨當這鄉村律師，整天價辦理離婚破產，連錢都掙不下多少，何不作為敲門磚，趕緊跳槽，改從政而成就大氣候？此念一生，他便去找代理商，將那輛全新的「道奇」換了部七成新的的「卡迪來客」，徹底抖掉了勞工階層的晦氣。基於自己的出身，包比加入民主黨本在情理之中，可商會的老賴利及時點醒他共和黨有意吸收新鮮血液，並把他引見給市長羅傑。

那是個春光明媚的早晨，包比趁打高爾夫球的間歇，為市長出謀劃策：地方上應如此這般，方可減免聯邦政府的重稅……看去像是精於此道的老手。這時，一位十八九歲身段婀娜的小妞扭將過來，嗲聲嗲氣地連喚羅傑「爹爹」。事後一打聽，那原是羅傑第三任太太帶過來的女兒，小名夢娜。幾天後他送克莉絲（即當年那血緣不明的胎兒）去學校的樂隊演奏，一出門便與夢娜撞了個滿懷。夢娜咯咯笑著，消失在濃重的夜色和丁香花氣裏，包比卻失神地品味著夢娜那富有彈性的肌體。他恨不得抓住那小騷貨……，他需要那快感和衝動，這使他感覺年輕。近些年來貞機關算盡，心力交瘁，等兩人合作成功，她成了隔日黃花。如今的她徒有架子，披掛起來倒像個模特兒，還能忽悠兩下子，可等卸了妝，就剩一把乾骨頭了。包比沒轍只好打野食兒，已經被貞不動聲色地辭掉了兩個女秘書。既然啃不上窩邊草，他就外出公幹。雖然在這種事上包比和貞不斷較勁，可亨利仍是他倆的共同敵手。只是作為女人，貞已全然不對路數，歲數比他大就甭提了，又接近更年期，正像走了氣的啤酒。

又說幾年來包比的車子換了好幾部，可亨利還開著他那輛破吉普，也虧他是個大夫！不料那老賊丟了子女的監護權，卻死活爭下個探視權。對此包比總覺得有點不踏實，尤其想到克莉絲……，誰知道這狗娘養的安的什麼心思？！於是他和貞配合默契，變著法阻撓亨利探視。不料那傢伙不開竅，硬上法院告狀，也不掂量掂量，包比是吃什麼飯的！他有種的愛打官司，包比甘願奉陪到底，看誰落得個債台高築？！最絕的還是那撫養費，見不著子女也得繳費，跑到地角天邊還得繳費，夠他娘背一輩子的！包比把微顰的眉頭一展，悠悠點起雪茄煙。他不單有興致觀賞亨利在經濟上長年淌血，更不錯過任何機會在公路上耀武揚威地超車，而回回准把那沮喪的蠢豬抛在腦後！

地方上的選幕拉開，市長羅傑為連任頻頻拉票，包比作為共和黨的青年後進積極參戰，夢娜也和母親一道組織募捐。儘管貞參加了幾場集會，在會上哈欠不斷提前告退。包比聳聳肩，其實幾近難以掩飾心中的狂喜。他早和夢娜打得火熱。前天夢娜跟他交底，從瞟他的第一眼起就知道他不是個好東西，但好奇心驅使她要探個究竟。包比扇了扇那似睜非睜的醉眼，嘿然一笑：「探出什麼來啦？」夢娜用她滾圓的乳房在他刷子般的胸毛上磨蹭，一雙褐眼也是攝人心魄：「你我是半斤八兩唄！」包比呵呵笑，翻身把那丸肉彈子壓在底下。

包比在健身房的立鏡裏又窺見自己的形影：那捉摸不透的神氣令女人們心跳，這身精肉和硬毛總教她們降服。他享受生活，他崇拜肉體，他怎能不愛自己？當年老子不過在鄉里的姑婆間鬼混，如今自己已勾上市長的女兒。來日方長嘛，常言道：人生從四十歲開始……

（1999年）

湯姆家的心病

對酒當歌，人生幾何。再說，究竟胖人何罪？湯姆一邊想著，一邊順手撚起侍者端上來的奶油炸糕。

湯姆家的心病—與三分之一的美國同胞共享

肥胖在美國很常見，湯姆家就是個典範。與眾不同的是，湯姆家的小輩為此困擾不已，成了一大心病。

這還得從祖父詹說起。詹在一家公司當經理，薪水給得很不錯，他心滿意足。雖說美國歷來興瘦，可那時二戰剛結束，胖人還不至於自慚形穢。總之，詹心寬體胖，從不忌口，如此這般，活到六十多歲中風過世。

輪到湯姆一代，時尚對胖人已經相當苛刻。無論是體育新聞，還是商業廣告，目光所及之處，盡是俊男美女，一個個身材修長苗條，而電影裡的丑角多是胖仔。你說，這還能有胖人的地位嗎？記得在高中，傑森的學分在中等以下，就仗著體型帥，每次舞會成為女生的熱點，狂得不得了。因此上大學以後，湯姆之心不在學，全在如何降體重。他先節食，用減肥沖劑對付轆轆饑腸；一開始似乎挺見效，半年下來，掉十磅卻增二十磅，身子淨往橫裡長。湯姆正發愁，忽聽媒介報導：總統儘管身高六尺，體重不過一百八，訣竅是酸牛奶對番茄汁，餐餐不誤。湯姆大喜過望，不但食譜照搬，還每天長跑五英里；經過這番艱苦卓絕的努力，總算維持了個「敦實」。

可惜好景不長，自打畢業當上會計，娶了希拉，湯姆就鬆了弦，不但好吃好喝，又告別了長跑，其後果可以想見。不久，希拉跟她的婦科大夫搞上了，鬧來鬧去只得離婚。至於他婚姻破裂的原因眾說紛紜，而瞅一眼湯姆那聖誕老人的身架，再比比希拉那楚楚動人的風姿，誰都免不了會心地歎上一口氣……那堆陳芝麻爛穀子，湯姆提都懶得提了。如今他重建家庭，新太太比較實在，加上又添了個寶貝女兒，日子過得蠻紅火，哪顧得上減肥節食？人生幾何，對酒當歌。再看看這滿世界的男盜女娼，湯姆他不過是一飽口福。肥胖，超重，那全是面子貨。世上有什麼比面子更膚淺？飽餐後，他抓一大把糖果，盛滿一碟子點心，有滋有味地享用，從來不遮遮掩掩，用那些稀湯寡水的鮮果來替代。

而趕上卡文和莫麗的時代，胖人的日子就更難過了。卡文呱呱落地便是個胖娃娃，可愛得像只小天使，缺的只是副肉翅膀。不料一上幼稚園，風刀霜劍就劈過來，在班裡人稱「胖小子」，淪為二等公民。久而久之，孩子們打架起哄，但凡提「豬」或者「肥」，卡文就對號入座，敏感之極。這種以肥瘦分醜美的觀念，更因家庭變故而加深。他與妹妹莫麗由母親和繼父撫養。繼父便是那位婦科大夫理查。這理查身姿筆挺，鬚髮黝黑，一雙細眼深藏不露；即便消閒在家，仍舊橄欖綠馬球衫配咔嘰便褲，瀟灑入時。卡文崇拜他的風度甚至人品，裡裡外外，都及時效仿。然而，每逢週末看望生父湯姆，鮮明的對比，總讓卡文大受刺激。他父子血脈相通，本生性相投，一起打獵、釣魚，共度不少快樂時光。可湯姆一旦酒足飯飽，便像隻棕熊似的倒在沙發上打呼嚕，會令卡文百感交集。

十三歲生日那天，卡文恨恨地揪起肚上那把多餘的肉，立誓絕不重蹈他爹的覆轍。其實卡文並不貪嘴，無奈祖上傳下的基因，喝涼水都長肥肉，逼得他走上極端：戒了漢堡包、熱狗不算，又免了火腿、煎蛋，肉只吃雞脯，對海鮮也挑三揀四；「可樂」含糖，牛奶含脂，顎梨含膽固醇……禁忌的單子長得令人咂舌。捫心自問：誰不餓？誰不饞？誰不想圖個痛快？到頭來卻落得個蠢豬相，讓人在背後點點戳戳。好像你就那麼不自愛、缺乏自制，就那麼沒出息！卡文寧可咬牙隱忍那口腹之欲。他暑假頂著烈日蹬自行車，寒假喝西北風競走，人雖不見瘦，倒也勉強控制了發胖的趨勢，而有了上乘的體態，服飾就好搭配了，至於怎麼穿得派，怎麼顯得酷，卡文心中早有數。當湯姆帶著莫麗逛書店時，卡文就在時裝店裡溜達，想像著有朝一日一身輕，自己該會何等地神氣。

去年過節，湯姆給兒子一把祖傳的獵槍，卡文連眼皮子都沒眨；才幾年以前，一個很便宜的玩具，他也會玩上老半天。湯姆多麼留戀那些老日子，卡文領著莫麗在花園的噴頭間來回竄，淋得渾身盡濕，卻樂不可支。現在卡文差不多跟自己一般高了，只是消費欲長得更快……爹對兒子有看法，兒子對爹也不是沒成見。卡文已不止一次地提示他爹，藍襪子配黃皮鞋犯色，這副穿戴在公共場合裡太露臉，可湯姆全然不理會，卡文只有更加自重。

至於莫麗，起初對肥胖的憂慮似不如卡文明顯，但是後果更為嚴重，正所謂「響水不開，開水不響」。她長一張小圓臉，鼻樑端正，嘴唇輪廓分明，尤其那兩道天然生就的眉毛，細細彎彎，使她的面孔典雅清秀；美中不足的是眼睛，倒不是那顏色和形狀有啥缺陷，走氣的是眼裡沒神。理由很簡單：尼娜個子矮，又從來沒甩掉那與生俱來的一身膘。如果說她的臉能評上「B+」的話，她的體型頂多能打個「C」，平均起來也夠「B-」了。可莫麗天生胖乎乎天生自卑，自我形象不佳自然自我感覺差，於是把本來有富餘的「B-」自動降為「C」。雖說她剛過十歲，人們已用成人的標準打量她了，上下掃兩眼便心說：「這可憐的小東西！」隨即把她歸入次檔，從此與學校裏的啦啦隊和社區的選美無緣。人輕自輕，人賤自賤。在班上，莫麗的女友不是五大三粗，就是性情乖張，不外乎是一些不入流的「困難戶」。在美國常聽成人抱怨：「我近來情緒消沉，又添了幾磅」，可小莫麗怎明白其中的真意？只曉得巧克力、冰淇淋、蛋糕、烤肉能填充自己，而且胡吃悶睡使得她的感覺暫時改善。所以，當卡文帶著小妹香農開越野車穿林過水，莫麗卻龜縮在彈簧床上看卡通，看完了貓看狗，看完了狗再看兔子，看不到一半就手捧爆米花，口淌哈喇子昏昏睡去。

這種狀態在莫麗迷戀上丹尼以後更急轉直下。丹尼是全校赫赫有名的美男子，一頭金髮，不長不短地攏到耳後，在球場上縱橫馳騁，彷彿白馬王子真的從童話裡躍出。哪個女孩不為他瘋魔？莫麗在餐桌上叨念丹尼，在校車裡叨念丹尼，回家後找藉口往他家裡掛電話，次次都被他姐姐婉言推託。直到有一天，莫麗神經兮兮地跑進樹林裡哭爹喊媽，希拉方覺不對，遂拉她去看心理醫生。因為是初診，大夫認為她屬於青春前期症候群，試著開了一些抗抑鬱的藥物。莫麗遵醫囑，服用了適量的藥劑，卻昏睡了近二十小時不醒。希拉和理查氣急敗壞，急呼救護車將女兒送入急診室。可她的體檢和血尿化驗並無異常，大夫考慮患者可能對藥物過敏，決定留診繼續觀察。

終於在三十六小時之後，莫麗甦醒過來，但不思飲食，其後一周左右，僅入湯湯水水，人幾乎休克，於是又打點滴搶救。經過這十來天的大折騰，莫麗掉了三十多磅。等她掙下床來，東倒西歪地挪到鏡前，嚇了一大跳：這是誰？臉蒼白瘦削，眼圈帶黑，手臂瘦骨嶙峋；而隔著寬大的睡衣，她又看到自己腰身的曲線，好像走貓步的模特，心不由得怦怦直跳。剛才還頭昏眼花的，現在她可精神頭來了。莫麗翻騰出小背心、牛仔褲，披掛在那副骨頭架子上，接著掏出眉筆，勾勒出一道黑黑的唇線，然後才對準鏡中那小妖精，嘿嘿一笑。恰巧希拉推門進來探望，見女兒因禍得福，喜出望外。母女自是一番摟抱，一陣歡呼。

誰知一波未平，一波又起。那週末卡文來湯姆處，眉頭緊鎖，憂心忡忡，湯姆預感事情不妙。果然，支吾了幾句之後，卡文埋下頭，打開天窗說亮話：「爹，我要做手術」。湯姆一時聽不明白，等醒悟過來，倒抽了一口冷氣。原來聽說過拉臉皮墊胸脯這些把戲，以為那些都是敲詐半老徐娘的，沒想到如今竟算計到老爺們頭上來了！卡文還不滿十五歲吶……湯姆感覺生理上受到威脅，兩腿開始發軟。卡文本一直沒敢抬頭，現聽他爹沒反應，心說既然已把醜話放在頭裡，不如索性把話說透：「這不是割皮切肉，只不過用根大針頭抽吸脂肪……」湯姆對剛才的爆炸新聞還沒緩過勁來，又聽卡文充當騙錢廣告的傳聲筒，或者乾脆跟著理查鸚鵡學舌，不由得七竅生煙，恨不得一拳把理查那小白臉砸扁！可卡文只知其一，不知其二，權當這怒氣是沖著自己來的，又激動又委屈，憋得滿臉通紅。湯姆見狀，於心不忍，尤其卡文那敦敦實實的少年形象，使他隱約看到父親和他自己當年的影子，天生不是那皮包骨，有什麼法子？而究竟胖人何罪？！見卡文那份苦惱，聯繫自己當初的沮喪，且不提莫麗鬧得死去活來那一出，湯姆至今想起還心有餘悸，遂歎了一口氣，「等我跟你媽商量後再說」。卡文近來不時有心地拂逆他老爹的意，小試自己作成人的膽量。如今見他爹嘴上雖硬，實際已打了退堂鼓，心頭不免小有幾分得意。

隨著卡文和莫麗走向青少年，湯姆覺得跟他們越來越不好相處了，套用個時髦的術語，就是「代溝」。拿下飯館打比方，連點菜都令人頭大。這天，卡文只要了個生菜沙拉，莫麗乾脆說她不餓，只有四歲的香農仍叫了熱狗和炸薯條，而湯姆明白連這光景也維持不了多久。湯姆隔著餐桌，見莫麗臉色泛青而精神絕好，顯然因為打了翻身仗而揚眉吐氣。她正興致勃勃地東張西望，好像她減肥標緻到這份上，早該引人矚目了。卡文還沒做手術，包袱未去當然心病未了，當然顯得有點晦氣。湯姆尋思：也不知道他們究竟餓不餓？也許美國人只配喝麥片粥？也許面子真的大於肚子？可親生子女嘛，你又有什麼好說的？他自己則用完牛排，把空盤子推過一邊，順手拈起侍者剛端上來的奶油炸糕。

（1999年）

明明和蘇菲亞
明明童言無忌，憨態可掬。蘇菲雅跟著他奔上跑下，容光煥發，就像一位年輕而驕傲的母親。

蘇菲亞——一位海外華人的遭遇

蘇菲亞去了，像一縷青煙，了無痕跡。

記得還是十多年前，在北京的香格里拉，柳倩第一次見到蘇菲亞。那會兒的北京可比現在土多了，香格里拉算個頂尖的星級飯店。因聽朋友介紹，蘇菲亞的關係多，為了追趕「出國潮」，柳倩便找到她門上，去碰碰運氣。在一間大得可以當會議室的客廳裡，那蘇菲亞女士看去只有二十多歲，雖然以她的資歷和地位估計，她應是將近四十了。與別的海外華人相比，蘇菲亞穿著樸素，可一身普通的褐色連衣裙遮不住她的天生麗質：那細瓷般的面孔，那珠光寶氣般的流盼，那沉魚落雁的身姿。柳倩一時以為自己找錯了人，直到蘇菲亞從容地遞過印有總裁頭銜的燙金名片，請柳倩坐下細說。蘇菲亞一邊聽，一邊提出幾個關鍵問題。「求人辦事不易，成人之美也難」，最後她嗓音圓潤地作出結論。這倒挺痛快，不給人以虛假的懸念。臨行時，蘇菲亞送給柳倩兩盤錄影帶，推銷她自己的公司。柳倩回家一看，什麼東西方交流，什麼宏觀戰略，都是些知其然不知其所以然的時髦術語，而且圖像模糊不清，與自己要出國的企圖風馬牛不相及，於是就不了了之了。

後來又聽朋友說，這蘇菲亞畢業于英美名牌大學，為改革的中國引進新概念新思想，在國內外的上層人士間很活躍，是位了不起的女強人，奇女子。至於蘇菲亞強在哪裡，柳倩不確知。說到蘇菲亞之奇，柳倩倒有幾分信。因為論長相，她應躋身影視界，卻熱衷於金融與學術，且眉間有道英氣，好似把男子的心志包藏在一位女子的身體裡。可芸芸眾生如柳倩，還得為生計奔走，不久便將蘇菲亞的「強」與「奇」通通置之腦後了。

不久，柳倩輾轉到了美國，打工上學，走留學生的老路。比別人麻煩的是，柳倩在拿學位的期間懷了孕，所以又格外忙碌一些。那天，她給嬰兒明明餵完奶，換了尿片，好容易安頓他入睡。突然鈴聲大作，十分急促，彷彿來電話的人很有脾氣。要不是怕吵醒了明明，柳倩才不去理會呢。她不得已接過話筒，對方卻柔聲曼氣的，沒丁點強加於人的意思：「我受人之托，來問問你的情況。你曾經找過我，當時我的事業才起步，力不從心。現在我已打開了局面，資源豐富。我們同在海外，又同是女性，可以互相幫助……」柳倩一聽就明白，這肯定是老領導王總的一片苦心。在原單位裡，柳倩頗得王總的重用；即使出了國，王總鞭長莫及，也老要派人來看望或掛個越洋電話什麼的，想必是怕柳倩受鬼佬的氣。柳倩正搜索如何謝絕好意的詞彙，趕巧明明哇哇哭叫，於是名正言順地結束了這場談話。等以後柳倩再度與蘇菲亞相會，她才隱約把那來電話者與蘇菲亞對上了號。

一晃又半年，王總一行去南美訪問，途經美國M城轉乘飛機。因為柳倩家離M城不遠，所以抽空赴M城與王總見面。在市中心那聳入雲霄的豪華公寓裡，一位儀態不凡的女子出面接待眾人。她身穿橄欖綠超短連衣裙，髮束古銅色緞帶，青絲襪黑高跟鞋，體態挺拔又婀娜，竟然是蘇菲亞。恰當夏季颱風季節，天氣晦暗多變，在那鳥覽全城夜景的頂層酒廳，蘇菲亞隻身一人宴請代表團，可謂有能力有資源，同時又帶著幾分神秘。次日，王總等離去，而柳倩和明明被留下來小住。

蘇菲亞的公司和住所都在那座大廈，其內有飯店酒吧游泳池健身房美容院，一應俱全。若不是需到世界各地旅行，蘇菲亞真可以足不出戶。而在她那間位於九十層的公寓裡，海灣的綺麗風光盡收眼底：由東西兩方的落地窗可遠眺日出日落，腳下白雲飛渡，紫光流溢。她室內的傢俱極少，籠罩著遺世而獨立的超塵氣氛，更帶有高處不勝寒的幽幽空寂。彷佛蘇菲亞呆在雲端修行，直待仙氣斂足，方肯下凡來與俗人周旋。

蘇菲亞以略帶吳儂軟語的普通話，重新介紹自己：她雖有金融背景，卻投身學術；而作為炎黃子孫，不忘報效祖國。接著她領柳倩迅速地參觀了她的公司，簡約地介紹給她全部是洋人的下屬。只見那公司占了整整一大單元的寫字間，工員幹練，設備先進。至於他們做什麼，怎麼做，柳倩沒問，蘇菲亞也沒說。即使後來她們有了一定交情，蘇菲亞的職業仍是避諱的話題。而那天當她們在她的辦公室坐定，柳倩卻怎能不留意牆上桌上，處處掛著擺著蘇菲亞與中外名人要人的合影？莫非這就是當初友人所謂的蘇菲亞之「強」？可蘇菲亞為什麼對柳倩禮尚有加？雖說柳倩曾知遇于王總，卻素來無意鑽營，而今更全然引退。也許蘇菲亞打算保持王總的這層關係？也許她想交一個無利害衝突的女友？也許只是兩三歲的明明，童言無忌，憨態可掬，博得了她的歡心？蘇菲亞牽著明明的手，玩遊樂場，逛玩具店，奔上跑下，一掃辦公時的官腔套話，活潑得就像一位年輕的母親。她甚至帶明明去隆重的社交場合，任他在宴會上摘鮮花，吹蠟燭，耍盡頑童的把戲。柳倩只當蘇菲亞忙裡偷閒，自尋開心。蘇菲亞卻說：「我小時候也這樣，媽媽也罵我是人憎狗嫌」。於是自稱與明明有緣，毛遂自薦地當上他的姨媽。最後明明抱著大包小包的禮品回家。

既然不知不覺地成了親戚，明明家自然與蘇菲亞有了來往。所以，逢年過節，兩家之間開始走串。柳倩的先生志明，在公司裡做事不易脫身，光兩位女士帶著明明度假倒也方便。那年春節，柳倩和明明應邀去紐約，被蘇菲亞安頓住在聯合國大廈附近一家五星級飯店。蘇菲亞同時約請了其他幾位朋友，更確切地說，是她兒子哈瑞的同學。

原來蘇菲亞生於上海，長於香港。因父親去世，家道中落，母親早早將她介紹一位殷實的商人成親。那鄺先生有坐山臨海的花園洋房，為人老實，相貌平平。當年蘇菲亞僅二十出頭，美如天仙，鄺先生大喜過望，待她如金枝玉葉。於是蘇菲亞結婚生子，然後出國留學，先牛津後哈佛，學業優異，從此移居海外。而她留在香港的兒子哈瑞則從小由保姆撫養，長大些進入歐美人與高等華人子弟就讀的寄宿學校。雖然蘇菲亞每年飄洋過海回家探親，畢業就職後也定期寄回豐厚的美金，與鄺先生分擔昂貴的學費，可哈瑞在孤獨中長大，性情孤僻。鄺先生一直捨不得蘇菲亞，蘇菲亞也寧願保全兒子的臉面，故多年來夫妻間實行分居制。其實鄺先生在香港已與他人同居，蘇菲亞則來去自由，夫妻關係名存實亡。

屆時哈瑞已十七八歲，來美國念大學預科。他不但跟蘇菲亞感情疏遠，而且情緒抵觸。蘇菲亞早年忙於創業，照顧兒子不多，功成名就之後，方覺人情的欠缺。如今見哈瑞對她拒之千里，心中有愧，想方設法進行補救。因哈瑞讀的是一所紐約郊區的私立學校，蘇菲亞則在附近的好區置下房產，又為他買了一輛吉普，本打算週末有空便飛過去與兒子團聚，不料通通被哈瑞斷然拒絕。因此才有哈瑞的老同學之間聚會的一說，他們遠道從丹麥和瑞典請來，都是蘇菲亞為取悅哈瑞的精心安排。明明和柳倩也由此攬合進來。

大年夜，蘇菲亞包下一部大型超級轎車，眾人浩浩蕩蕩，向哈瑞的校園進發。等車在校門口停住，蘇菲亞與碧眼金髮的小夥子們上樓去搬請哈瑞。可哈瑞的宿舍門窗緊閉，裡面臭氣熏天，他稱病不出。蘇菲亞平時說一不二，柳倩見識過她怎樣打發副手，可歎眼下英雄無用武之地。她忍氣吞聲地下樓，不得已求助於四歲的明明。誰知這招蠻靈，不出五分鐘，全班人馬連哈瑞一齊上了轎車。原來明明一進屋門，連呼「好臭！好臭！」哈瑞正想找個臺階下，就勢下床開窗換氣，接著隨眾人出門。在回紐約途中，哈瑞讓明明坐在膝上，兩人一路玩電子遊戲，不與旁人一般見識。蘇菲亞看在眼裡，喜在心頭。要不然，她在名揚四海的「四季」餐廳所定的山珍海味、醇酒奇葩豈不全都泡了湯？為此蘇菲亞對明明更是寵愛備至。但是，哈瑞終於出面吃頓年夜飯，不是為了賞蘇菲亞的臉，而是不願太拂老同學們的興。所以，他酒足飯飽之後，便叫大轎車的司機又開出百里，將他一人送回校園。

次日，眾人乘車出遊，觀賞市容。明明年幼，不知自由女神之神，也不知帝國大廈之大，只知道紐約滿地是樓，處處是車，喧鬧異常。他在大轎車的地板上爬來爬去，甚覺有趣，偶爾鑽出天窗兜風，也是為透透氣，渾然不察自己「小土包子」的身份。儘管哈瑞不在，有明明這顆「順氣丸」，蘇菲亞那幾天也算過得稱心。所以，她要給明明加個紅包，柳倩說別把孩子慣壞了，她方才作罷。不過，這反勾起蘇菲亞對哈瑞狀態的擔憂：「他從前愛打籃球，可現在學校的教練說，他連訓練都不參加了」。她細眉微蹙，「也許，我應贊助他們的球隊在放春假時去巴哈馬旅遊，一來可提高哈瑞的興趣，二來也可增加他在同學中的威信」。看來蘇菲亞不明白，在社會上她幾乎攻無不取，戰無不勝，為何兒子偏偏不買她的賬？

後來，蘇菲亞來電話告訴柳倩，她跟鄺先生協議離婚了：「反正兒子也大了，心理上比較容易接受」。蘇菲亞歷年來養成聚焦的習慣，不容瑣事分心。如今離了婚，似乎少了干擾，卸了包袱，她可以專心事業，而哈瑞卻成為她事業外的新焦點：「……他的學分下降了，還沒交女朋友，我擔心他會不會搞同性戀，我得調查一下他是不是吸毒……」聽蘇菲亞的這番描述，哈瑞不求上進，大有淪為頹廢青年的危險。於是過感恩節時，以讓明明、哈瑞哥倆團聚為名義，柳倩被特邀去協助蘇菲亞，判斷和開導哈瑞。

據柳倩的觀察，哈瑞較前成熟，通情達理，並無蘇菲亞所謂的種種消沉跡象。可當夜深人靜，想來柳倩與明明已經入睡，蘇菲亞母子間爆發了激烈的爭吵。他們先說中文，後來哈瑞中文跟不上，改用英文：「媽，妳別以為有錢能買鬼推磨，盡想操縱別人，支使別人！其實我的要求很簡單，少管我！我也這麼大的人了，給我點空間，讓我能呼吸得暢快點！」蘇菲亞聲音低啞：「這些年來，我為你放棄了多少機會，作出多少犧牲……」哈瑞冷笑道：「包括把我甩給保姆，丟進寄宿學校？！」說罷摔門而去。

柳倩在隔壁聽說，明白蘇菲亞此時是啞巴吃黃連，有苦說不出，可作為頤指氣使慣了的人物，她又哪能咽下這口氣？於是柳倩起身，出面勸解蘇菲亞：「妳自己這麼要強，假如兒子沒點主意，妳倒真得發愁了！」蘇菲亞原來氣得臉發青，手發顫，一聽此話，倒也有些省悟。但她於心不甘：「我等了十年，等到他上大學才辦離婚手續」。柳倩不想火上加油，便順水推舟：「總之是為了兒子好，那又何必跟仇人似的吵架呢？家務事不比作生意，別搞得像打仗一樣，不輸即贏，動不動拼個你死我活」。蘇菲亞這才慢慢安靜下來，卻與白天的精神抖擻容光煥發判若二人，其實總那麼振作也挺耗人的。再說這離婚，表面上是解脫，其實也難說。多年來蘇菲亞背靠鄺先生，至少心理上不求人，才能在那大男人大白人的世界裡瀟灑自如地鬥法，有如蝴蝶在百花園裡翻飛。如今到底離了婚，兒子又跟她鬧，於是從前壓在心底的失意失落一股腦翻騰上來。常言道：

英雄有淚不輕彈，只是未到傷心處。

那晚蘇菲亞一反常態，向柳倩傾訴身世：她出身富家，生母卻是小妾。蘇父雖家財萬貫，年過半百而膝下無子。蘇母深得寵倖，在老頭子六十歲頭上，生下一子，成為蘇家的命根。正因為是命根，那男孩被人綁了票，又馬上被撕了票，老頭子一命嗚呼，蘇家從此衰敗。而蘇菲亞母女由於失去可倚仗的資本，在家庭的地位一落千丈，飽經世態炎涼。所以蘇菲雅從小便極為自尊，並且自覺不自覺地要跟男人比試，一爭高下。她的姊妹，個個生得如花似玉，為家境所迫，母親將大姐早早嫁與一位華僑富商，蘇菲亞和其他的姊妹才得以繼續讀書。而蘇菲亞事後得知，那富商原在馬來西亞有家小，大姐不過是他在香港的外室，這對蘇菲亞的刺激很深。在蘇菲亞高中剛畢業以後，母親馬上將她介紹給鄺先生。大姐鑒於自己的經驗，把鄺先生的家底查了個底朝天，才去作蘇菲亞的工作，才百般強調鄺先生為人的厚道，蘇菲亞總算同意見面。可鄺先生對蘇菲亞一見鍾情，百依百順。他聽說蘇菲亞有心上大學，應許她婚後留學英倫。蘇菲亞恨不得早日插翅離開香港，由此看到了遠走高飛的捷徑。於是她結婚生子，遠度重洋。因痛感家族對男性的期許，且痛恨寄人籬下仰人鼻息，蘇菲亞暗下決心，要作個有志氣有出息的女子，不單獨立自主，而且要出人頭地。

等到從牛津和哈佛畢業，風雲際會，正趕上中國國門開放，她不失時機地在東西方來回走串。那還是七十年代末，別提在中國，即使在歐美，學商和搞金融的女子也很罕見。以她驚人的才貌，蘇菲亞迅速地結下不少相當顯赫的關係：總統首相、諾貝爾得獎主、金融財閥、房地產大亨，形形色色。而接觸的層次越高，遠在香港經商的鄺先生就越顯得平庸。當然在這期間，她的追求者不乏其人，但她行事謹慎。這不光出於對兒子的顧念，並且出於本能對男子有戒備。隨著蘇菲亞眼界的增高，人也變得特別挑剔，不願將就又不肯分心，且不提那惟我獨尊的脾氣，也不是每個男人都能受得了的，致使各種潛在的機緣擦肩而過。「……妳從來沒有真動過心？」「有一個，可我後來發現他也挺自私的，並不如我所想像……」「然後呢？」「我大病一場，病得很重。病好了就不再想了」。這時候東方欲曉，兩人朦朧入睡。剛迷糊半刻，天已大亮，蘇菲亞跳下床，進浴室梳洗出來，一如既往地光彩照人，一如既往地鼓足了勁頭，去與大男人大洋人們周旋。而她倆從此心照不宣，不再提起那席夜話。

某年大年初一一早，蘇菲亞請了一桌親戚朋友，包括哈瑞和從哥本哈根來的克裡斯，也包括柳倩和明明，大家一起吃餛飩麵。還沒等到眾人下筷子，蘇菲亞忽然聲明：「如果哪位在餛飩裡吃出硬幣，把它給我，因為我是作生意的，得圖個吉利」。哈瑞桌底下踹了克裡斯一腳，向他擠眉弄眼，而克裡斯豈敢放肆？卻聽明明這邊插嘴：「姨媽，妳想要硬幣，我這兒可有的是」，說完還拍拍小褲兜，克裡斯這才跟著哈瑞捧腹大笑。柳倩心說，哈瑞你也未免太刻薄，你媽一人在外邊撐著也不容易。不過柳倩由此看出，儘管蘇菲亞為人做事掙面子講排場，有時候揮金如土，可心裡並不踏實。

然而，這是她選擇的生活方式，她需要完美的自我形象，她需要強有力的自我感覺。在她的客廳裡，擺了一隻以她大學畢業肖像燒制的瓷盤；在她的書房裡，又有一尊觀音菩薩的玉雕，與她本人的神態維妙維肖。再看看臥室裡玲瓏剔透的玻璃磚傢俱，落地窗外轉瞬飄逝的雲煙，這是她為自己營造的一種境界，編織的一隻美夢。她為自己有能力做到這點相當自許。

兩三年前某夜，柳倩已沉沉入睡，突然電話鈴響，深更半夜的，這總叫人有點心慌。柳倩抓起電話，只聽蘇菲亞語無倫次：「……康尼為什麼偏偏要這麼幹？找這麼一個橫死的下場？」原來是蘇菲亞七十多歲的老鄰居，新近查出了癌症，跳樓自殺了。在蘇菲亞的那所豪華公寓裡，住戶多是單身或老年的富人。這康尼中年被丈夫拋棄，生性古怪，與人不相來往，除金錢以外，一無所有。雖然蘇菲亞沒有目睹收屍的場面，但那血淋淋肝腦塗地的情景，卻歷歷在目。柳倩花了個把小時，蘇菲亞好歹恢復了自制。而柳倩始終納悶：究竟真有其事，還是蘇菲亞本人的一場惡夢？

在此之後，則許久沒有蘇菲亞的消息。柳倩心裡開始嘀咕，因為蘇菲亞一貫常來電話，有時沒准會從南非和澳洲打來。不久，便傳來遠東經濟的壞消息：印尼的貨幣貶值、東京的銀行倒閉、香港的房地產跌價，雪球越滾越大。柳倩想到蘇菲亞可能會受波及，給她去了電話。蘇菲亞無意深談，只說她的業務多在美國，影響不大；卻聊起她正籌畫出一套有關經濟戰略的叢書，同時抱怨近來頸項疼痛，有時頭暈眼花，看醫生也不管用。柳倩聽她說話底氣的不足，提醒她不妨休假，或者乾脆回中國試試中醫，蘇菲亞連稱此主意不錯。

兩個月後，蘇菲亞從中國回來，情緒蠻好，來電話感謝柳倩對中醫藥的建議，音調清朗，想必聲如其人。誰知幾天後，柳倩接到王總由中國來的電話，說蘇菲亞的情況很糟。原來，經王總介紹，國內的名醫錢老給蘇菲亞診脈，當時不便多言，僅勸她回美後節勞，安心靜養，切忌傷氣；私下卻向王總吐露，蘇菲亞是「金玉其外，敗絮其中」。柳倩聽罷一驚，可不相信錢老就那麼靈。不過柳倩還是給蘇菲亞去了電話，以開玩笑的口氣說：「妳已大功告成，何不急流勇退？」不料蘇菲亞答話：「我早有這個準備」。看來她心裡有數。

轉眼間，明明的生日到了。因往年都和蘇菲亞一起過，這回也照例打個招呼。可她人不在，柳倩留下電話錄音。隔天蘇菲亞卻從丹佛回了電話，說她發了心臟病，被送到那裡的專科醫院作進一步的診斷和治療。這次柳倩當真起來，蘇菲亞倒平靜得出奇：「大夫讓我做心臟搭橋手術，被我拒絕了，畢竟風險太大，我想等到哈瑞大學畢業後再說」。可憐天下父母心。過去整整一年裡，蘇菲亞親自帶著哈瑞去大公司實習，介紹關係。終於，哈瑞不負母望，進了一所數一數二的法學院。這多少折了蘇菲亞的壽。然而，蘇菲亞輕描淡寫：「死生有命，富貴在天。我父母都有心血管病，雙料基因，這也是命中註定」。聽柳倩不做聲，她若無其事地繼續：「咱們還是給明明作生日吧，我設法週末回去」，柳倩還沒反應過來，蘇菲亞已掐斷了電話。

明明生日那天，一切照蘇菲亞的安排，柳倩、明明在一家東西合璧的飯店與蘇菲亞會面。這裡很少有東方人光顧，顧客多是有雅興的西方文人。柳倩決定把聚會縮短，並不准明明淘氣。那天柳倩細細打量蘇菲亞，卻見她天庭飽滿，又高又白又亮，宛若美玉，兩道長眉一直伸到烏黑的髮際，那懸膽似的隆准，更賦予她某種俯視紅塵的風儀，除了臉上的脂粉塗得稍重之外，她與平常無異。難怪明明悄聲問媽媽：「姨媽真的病了嗎？」柳倩給他丟了個眼色。席間大家顧左右而言他，氣氛終究與往年不同。用完甜點之後，蘇菲亞從手包裡取出精美的禮品盒，她讓明明打開，竟是一把鑄有哈佛校徽的鍍金裁紙刀，沉甸甸的，上面僅刻一拉丁文「真」（VERITAS）。此物乃哈佛校友之間的贈品，以共勉卓然超群。明明是小學生了，對玩具的興趣已大有改變，可這顯然是成人的紀念物仍出乎他的意料。柳倩忙替明明說聲謝謝，而明明過去小心翼翼地給了蘇菲亞一個親吻，在她耳邊輕輕說：「妳想讓我長大了，跟妳一樣是吧，姨媽？」於是，蘇菲亞把明明緊緊摟在懷裡。

此時西風漸起，露天茶座裡的賓客紛紛離席，於是柳倩與蘇菲亞也起身道別。柳倩發覺蘇菲亞的手冰涼，「妳沒事吧？」「還好，就是指尖有點麻」。「那趕緊回去休息罷」。柳倩的車漸行漸遠，她的感覺卻是蘇菲亞乘著夜風歸去。

柳倩回家後馬上給蘇菲亞去了電話，沒人接。第二天她又給蘇菲亞的辦公室掛電話，秘書稱蘇菲亞正開一個電話會議，可那語氣吞吞吐吐，頗令人生疑。柳倩送去一個大花籃，一來表示謝意，二來想有個回音，卻渺無音信。柳倩估計蘇菲亞又飛回丹佛治療去了，因心力不濟，懶於應酬。不久耶誕節來臨，柳倩寄去賀年卡，也沒有任何動靜。往常過節，即使遠在倫敦東京巴黎，她也會打電話過來，向明明問長問短。柳倩頓感蹊蹺，又打電話去她家。這回則是一位陌生女性的電話錄音，稱蘇菲亞正忙於修煉瑜伽……柳倩心說不妙，再往辦公室去電話。誰知線路已斷，服務台也沒有提供進一步的消息。

蘇菲亞肯定出事了。是身體垮了？是公司倒了？是看破紅塵出走了？還是……？其實蘇菲亞以前跟柳倩談過死，說她每次出遠門，都把遺囑留在桌子上。柳倩當時以為是蘇菲亞旅行多，防備飛機失事。如今事到臨頭，柳倩跟哈瑞沒聯繫，也不認識蘇菲亞曾經提及的任何跨國公司老闆、聯邦大法官，或者白宮侍從。她只是蘇菲亞一個萍水相逢的私交，所見的僅是她的側面，甚至只是其閃爍的折光，如海市蜃樓，如沙漠幻影。而蘇菲亞究竟是誰？這始終是一團謎。據蘇菲亞自己說，她住在象牙之塔，高高在上，有如蝴蝶飛舞迴旋。蘇菲亞究竟何許人也？想像她是高級交際花，卻太欠風情。想像她是國際間諜，又缺乏遊戲心態。也許她是一個有膽識的冒險家，事業心極強而智商極高，恰又生得極美，這好比一把雙刃劍，趕上天時地利，可以大顯神通；而她因自視過高，過於潔身自好，在逐鹿中原的戰場上，其實是在夾縫中生存，畢竟不是最強的獵手。以柳倩對蘇菲亞為人的瞭解：不化妝不見人，非最佳狀態不照相。所以，蘇菲亞若不是逆轉乾坤，東山再起的話，絕不會再輕易露臉了。柳倩心頭，不由閃過從前見過的一付對子：「自古英雄如美女，不教人間見白頭。」

蘇菲亞就這樣走了，像一縷青煙，了無痕跡。

（1999年）

小官司—客戶不甘受人擺佈

小官司

喂，喂 ……！ 電話打不出去，帳單卻接踵而來。

小官司——客戶不甘受人擺佈

雨紅在中國活了半輩子也沒跟法院和律師打過交道，可剛到美國才幾年，就攪進了一場官司。

其實，這事也怪雨紅自己，好端端地作L公司的客戶有兩三年，那長途電話公司未曾錯待過她，她卻禁不起M公司的軟硬兼施而跳槽了。說來話長，自去年春季起，M公司就三天兩頭地給雨紅家來電話，勸她轉投M公司，有那麼十天半月，每天來電話好幾次，攪得十分心煩。那時她家還沒裝號碼顯示儀，白天電話鈴一響，她拿不準是先生彼特從診所打來，說他不回家吃晚飯了，還是兒子艾力克在學校裡捅了漏子，所以每回不敢不接。但因為她對轉線不感興趣，每次都一味回絕：「No，thanks」。到後來她實在失去耐性，又無可奈何，便心說，不妨問問他們到底提供什麼優惠，沒准一了百了，落得個清靜。M公司的代理一看有機可乘，便迫不及待地給出一大堆方案，十分友好熱情。當然，這裡起關鍵作用的，還是那張比L公司的費用低百分之四十的底牌。有誰能抵擋住這等誘惑？雨紅終於軟下來。

等雨紅上鉤以後，M公司的代理包打天下，一口應承替她辦理轉線的手續並支付轉線金，事情好得幾乎令人不能相信。雨紅起先還有點納悶，M公司為什麼偏偏死纏著她不放？後來，打聽出社會上各行業間經常互相出賣用戶的姓名、地址、帳單，方才見怪不怪了。看來，M公司摸清了雨紅定期從美國往中國打越洋電話的底細，斷定她是一個穩定的、有利可圖的「目標」，所以才值得下這一番功夫「釣魚」。當然那也是日後雨紅因為打官司而增長的見識。

從L公司轉到M公司以後，雨紅以為電話費用降低了，不免多打了幾次國際長途。等月底帳單報回，費用竟高達三百多美金，自然吃了一驚。她試著向M公司詢問個究竟，可M公司不是占線就是放電話錄音，連個人影都沒有，與當初籠絡顧客時的那股殷勤勁兒，相差十萬八千里。沮喪之餘，雨紅氣上心頭，決心弄個水落石出。當雨紅好歹跟M公司的一位男代理接上話時，對方懶洋洋地告訴她，她曾與L公司簽署了一項協議：為了保障L公司和用戶的利益，其他公司未經客戶特許，不得擅自轉移用戶。雨紅不記得簽署過任何文件，可也許她就像成千上萬在法律上「目不識丁」的其他客戶一樣，文件寄來看也不看，就稀裡糊塗地畫押，這也算活該。於是，雨紅只好硬著頭皮給L公司去電話，通知他們自願轉用M公司。但L公司要求雨紅寫一份書面資料，以證明確有其事，否則空口無憑。雨紅開始預感不妙，心中已有幾分懊悔：真不該輕信了M公司，惹下一這身騷！既生了戒心，更覺出事情的蹊蹺：即然L公司未得用戶通知轉線，就說明她仍享有L公司的原有待遇，那麼一百元以下的電話費用，怎會突然暴漲到三百多元以上？雨紅重新查看了帳單，意外地發現L公司收費高達每小時3元，居然是以往費用的4倍！莫非協定上寫明瞭轉線要徵收報復費？！又經過幾番周折，雨紅到底跟

L公司通上話，一位女代理告訴她：「某年月日，全公司的電腦發生故障，導致帳目混亂，客戶可以將帳單附上說明寄來，L公司保證退還加收的費用」。雨紅覺得挺滑稽，本想反問一句：「為什麼電腦出毛病的結果，總是多收費而不是少收費？」但忍了忍不僅沒敢放肆，還乖乖地遵循囑咐，把帳單附上說明，一併寄出。

由春入夏，兒子放了暑假，全家準備去加拿大度假。彼特為了方便起見，打算給大湖區的某港灣掛個電話，給遊艇預訂一個船位。誰知電話打不出去，頓生疑竇。雨紅家居鄉下，遇到惡劣天氣如暴風雨，偶然會供電中斷，但從不影響電話通訊。現在電話線莫名其妙地斷了，馬上令人考慮到安全問題。雨紅尋思，這可能與近來與電話公司的糾葛有關，彼特則急忙奔向寫字臺，從一堆信件中找出了L公司的來函。只見那函件上白紙黑字地，不但要求照付原來那三百多元不誤，還下了最後通牒：「如于一周之內，不如數支付拖欠的款項，將取消電話服務！」彼特和雨紅所處的鄉間，那時還沒有手機的服務，因此他們登時倒抽了一口冷氣：在美國沒了電話服務，就等於斷絕了與外界的聯繫；雨紅一家如隱士一般地生活，連最近的鄰居也有幾裡之遙，沒了電話，出了事故，豈不是呼天不應喚地不靈？而L公司的招數的高妙處卻在：想儘早恢復電話服務嗎？一手繳錢，一手交貨！果不其然，彼特、雨紅一頭紮進汽車開往鎮上，尋找付費電話，用信用卡老老實實地給L公司繳錢，要不然別說休假可能泡湯，連日常生活也難維持了。

夫妻倆到了鎮上，跟L公司接上話，不僅付清那明擺著坑人的三百多元，還加付了五十多元的接線費，憋了一肚子的氣，可你被人家捏著有啥法子？雨紅好像瞅見L公司的老闆們在遠處瞧熱鬧：「想跳槽？沒門！這回，叫你吃不了兜著走。下回，你就別再想輕舉妄動了！」而當他們驅車經過市政廳，彼特卻眼睛一亮，連呼：「有了！」，遂拉起雨紅的手，一同步入市政廳。原來彼特決定控告L公司。有道是山車到山前必有路。反正冤錢也花了，死豬不怕開水燙，彼特索性又繳上五十多元的訴訟費。他在起訴書上，要求L公司：1.退還無理徵收的三百餘元。2.退還接線費五十元。3.賠償訴訟費五十元。4.賠償浪費的兩小時工時共計三百元。雨紅將信將疑地跟著他在文件上簽了字，彼特倒是胸有成竹，「等著看好戲罷，這回可輪到他們求告我們了！」於是，兩口子跟L公司做起了貓捉老鼠，鼠逗貓的遊戲。

不久，法院來文，通知十月底某日出庭，而L公司一直沒有動靜。出庭日期是週二，那天彼特有預約的病人，雨紅準備單獨上陣。由於嘗過L公司手段的厲害，這次輪到跟他們鬥法，她豈敢掉以輕心？除了早早托鄰人接送兒子上下學以外，雨紅認真打下了「ABCD」的腹稿；即便如此，畢竟是初次上陣，還是有點發怵。彼特對她倒頗有信心：「雖說妳的英文不是第一流的，妳的能言善辯我可領教過」，算是撐腰打氣，也算是對她伶牙俐齒的旁敲側擊。不過彼特是過獎了，錯把雨紅當成辯才，要知道經過文革、從大陸來的中國人，遇到了吵架的機會，有幾個會甘拜下風？

不料，到了十月初，彼特在診所接到L公司一位女律師的電話，要求和解。彼特問和解的條件是什麼，對方回答僅僅賠償超額費用，立即被彼特斷然拒絕：「假如你們當初痛快地退款，壓根就沒有這樁麻煩！」然而過了兩天，雨紅又在家裡接到L公司的一位男律師的電話，建議調停。雨紅自然提起前次那女律師的如此這般，而這位男士聲稱他與那女士的所作所為毫無關係，他才是L公司的真正代表。經過一通友善的交談，他讓雨紅向他提供所掌握的資料。開始，雨紅以為聽差了，等發現那律師還挺當真的以後，幾乎笑掉大牙：讓原告向被告提供資料？蒙誰呢！不過，對方是斯斯文文地索取，文敏也是和風細雨地回絕。

到了十月中，法院又來文，說L公司要求暫緩出庭。幾天後，L公司的男女兩律師聯名打電話給彼特和雨紅，表示接受起訴書的前三條，至於第四條（對浪費的工時的賠償）只支付百分之二十，即六十元。兩口子商議了一下，認為無理徵收的費用基本上償還，算討還了公道，最重要的是爭回了一口氣，於是接受調停，了結這場官司。至於時間的耗費和情緒的干擾，那點賠償費還不夠上「紅龍蝦」餐一頓的呢！而當兩口子清理訴訟往來的文件時，又多少幸災樂禍地發現，為了這場芝麻官司，L公司已先後雇傭了四位律師，光那花費，就得好幾千元了！

由於在美國打官司是件難纏的事，雨紅旗開得勝，難免沾沾自喜，有時還跟朋友們介紹經驗：別以為惹不起財大氣粗的大公司、鬥不過渾身是嘴的律師，啞巴吃黃連，不但交冤錢，而且受冤氣，讓那幫仗勢欺人的傢伙們白占了便宜！一旦客戶抖起精神，沒被唬住，那些公司反倒要算計，從總部（或分部）派一個律師到地方小鎮出庭，花銷更大……他們的算盤打得可精吶。更何況，許多小客戶控告大公司雖起因於待遇不公而義憤填膺，到後來卻生起敲一筆的念頭，得理不饒人，鬧來鬧去，大公司只好用破財來息事寧人。雨紅一家並沒有敲詐的本意，只想證明客戶不好欺負，給大公司點教訓。所以，儘管L公司本性難移地照施些小技，其實是虛晃幾槍，巴不得儘早脫鉤了事。

可塵埃落定，待雨紅真有心思回顧這場官司時，卻發現自己無形中被人拿來當槍使了。這場官司的實質是M公司與L公司爭奪市場，至於L公司是否居心叵測地對跳槽的客戶進行報復不得而知，可M公司肯定是別有用心地對客戶利用拉攏。即便雨紅一家的官司訴勝，而M公司不發一槍一彈，坐享其戎，是這場混戰的真正贏家。而雨紅和其他用戶再撲騰，不過是棋盤上的棋子。想到這裡，雨紅自以為打贏了官司的那份小得意，也就不翼而飛了。

（2000年）

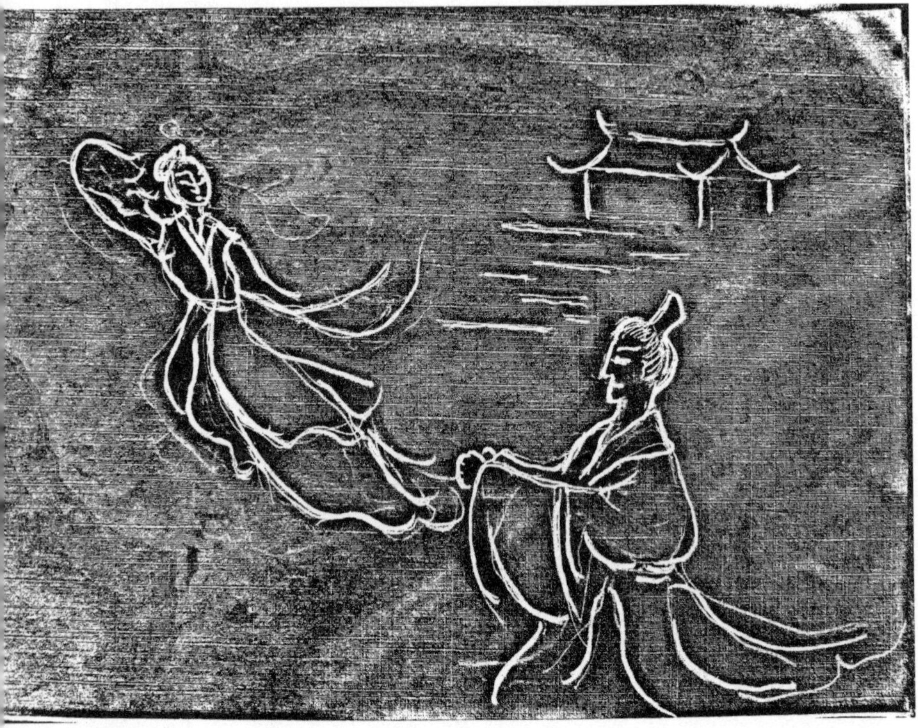

東瀛紀事
她裙袂飄飛，正似乘風歸去，忽見一白衣秀士，趨前深深一鞠。

東瀛紀事—愛情的篇章

她年輕時又細又高，頭與身長的比例正合古希臘一比八的標準。臉暗白，像生在背處的梨花。說話又輕飄飄的，說到認真處，眼裡罩起濛濛的霧……不知怎的，便落下個仙風道骨的名聲。暗戀她的男人不少，可沒人敢追。所以，殷茵快三十了，還沒有個主兒。她媽生怕她變成「老大難」，成天價嘮叨。殊不知殷茵除了長相作派與眾不同之外，更是位電鏡專家，抬頭低頭所見的，全是教授學者，俗人們認定是高攀不起。

雖說殷茵天性聰穎，可年紀不大就當上電鏡專家，這裡頭倒有些名堂。殷父當年是著名的畫家，文革一起，被權重一時的某紅人兒點了名，定為「反動學術權威」。老頭想不開尋了短見，殷家從此暗無天日。臨了殷茵中學畢業分配，人家有門路的當兵，次點兒的留城進工廠，再次的也上了兵團。殷茵背著家庭的黑鍋，只有去陝北插隊的份兒。那年頭即便是插隊，也分三六九。根子硬點兒的能加入宣傳隊，唱歌跳舞，用不著下地。殷茵條件不夠，就只得跟社員們扛鋤頭「修理地球」。巧的是趕上一個三伏天，隊長的二舅子在地頭中了暑，直翻白眼珠，嚇得一群老少哭爹喊娘。只見殷茵趕上前給老漢掐人中、捏合穀，兩下子他便回過氣來。事後隊長拍拍胸脯，把殷茵送進了大隊保健站。後來殷茵在村裡口碑甚好，工農兵大學一招生，就被社員推薦回北京。不料大學是徒有其名，整天搞批判，殷茵由於學習好，反遭冷落。又臨到畢業，幾百名同學無論成績優劣，紛紛留校、進大醫院，有好些年沒分配人了嘛！唯獨殷茵如沙裡淘金地被篩選出來，再次打鋪蓋捲進了山溝。當然，殷茵被劃歸另冊的根本原因，還是家庭問題。有道是塞翁失馬安知非福，這山溝不比尋常，是主席當年高瞻遠矚深挖洞，把一些高精尖科研機構藏在那兒反帝反修的。因此，殷茵在閉塞的山溝裡待了兩三年，北京的「四五」、唐山大地震和四人幫倒臺那些熱鬧通通錯過，卻有功夫閉門讀書，潛心作實驗，在學科裡的權威人士提攜下，業務上突飛猛進。等單位搬遷回京，她已是佼佼的新秀了。然而，世上誰人能樣樣齊全？殷茵在業務上超了前，「個人問題」上可落了後。

性冷淡？同性戀？跟某某亂搞？……社會壓力接踵而來，加上母親喋喋不休，殷茵實在敖不住，決定快刀斬亂痲，好喘口氣。她捫心自問：平生著實沒看上什麼人，長得好些的往往輕薄，有點學問的又太迂腐。忽然，她腦際閃過鐘原。對，鐘原！就是這個當年在學校裡拔尖的男生，從初中就對她好。難得的卻是，殷家出事以後，眾人躲都不躲閃不及，獨獨鐘原天天站在校門口，單等著護送擔驚受怕的殷茵回家。最讓殷茵感動的是，當她向機關的造反派索取父親的屍骨時，連母親都不敢出頭，還是鐘原挺身而出，給她壯了膽。到了陝北當知青，十個工分不夠買一張郵票，虧著鐘原從部隊上寄來津貼費。真是經過患難考驗的朋友。不過，鐘原每星期來兩封信，殷茵一個月也回不上一封，沒那麼些情緒，也沒那麼些墨水兒。怪的是，自殷家平了反，殷茵當上專家，倒不大有鐘原的動靜了，而殷茵明知他沒找對象，由此可見鐘原的為人。殷茵尋思，如果必找個男人，那就是鐘原吧。如此這般，他倆上街道辦事處扯下結婚證，在家請了幾個熟人吃頓便飯，也就辦了事。從鐘原這邊講，該算是有情人終成眷屬。

新婚不出一年，殷茵生下一子，立竿見影，感覺上是傳遞了基因，完成了終身大事，很對得住父母和夫婿了。沒等孩子斷奶，她又早出晚歸地泡實驗室，家變成旅館，鐘原無形中成了「家庭主婦」。而隨著改革開放，國家開始向外派遣留學生。青年才俊如殷茵，自是首選。當日本某名牌大學提供獎學金，殷茵便登程東去了。在機場上，剛滿一歲的兒子嗷嗷哭叫，鐘原眼圈發紅，殷茵心裡也沒數。而這一切恰如瓜熟蒂落，水到渠成。

從天上看，日本玲瓏剔透，大小島嶼被細浪鑲銀，陳列在碧海之中。飛機在低空迴旋時，飄飛的輕雲，山崗上的蒼松翠柏，隱現其間的廟宇，都歷歷在目，好乾淨秀麗的國土啊。殷茵千里迢迢，竟不帶一粒風塵地走進導師敞亮的辦公室。在這個狹小的島國，敞亮意味著寬大，意味著由聲名而至的權力。岡田主任歷來看不起中國與中國人。以中國之地大物博，人口眾多，自明治以後，竟敵不過彈丸之地的日本，且朝朝代代如此，實在令他費解。閉關自守？貪污腐敗？烏合之眾？由於校方對華的親善政策，他今天不得不屈尊應酬一個鄉下的村姑！記得他去年隨團訪華，被所謂科委接待，對方幹部之土，之廢話連篇，倒讓岡田張口結舌。又聽說中國講究裙帶，這女士……他頭也不抬地給殷茵讓了座，滿懷輕蔑地滿臉堆笑。眼一瞟，料不到這女人竟像日本女人一樣白，又像西洋女人一般高，哪點像個中國人？嘴上卻問：「會日文嗎？」殷茵挺謙虛：「學過一點，不太好」。岡田把左邊眉毛輕挑：「那就先補習日語吧！」殷茵隨即起身：「Yes，sir。」其發音清晰純正，讓岡田嚇了一跳。他忙擺手讓殷茵坐下，用他那語法正確卻結結巴巴的英語開始與殷茵交談。殷茵後來慢慢品出，大多數日本人極其崇洋，先崇李唐，現崇英美，一步跟一步，緊盯著不放。倒不見得媚外，只把你的精髓學來，再把你一腳踩下。卻說岡田邊談邊從抽屜裡撿出幾張片子，帶殷茵進入他隔壁的專人電鏡室。一絲笑意抹上殷茵的嘴角，這可是她的領域，跟什麼日語英語都沒關係。幾分鐘過後，殷茵寫出診斷，英文後面附帶著日文。岡田興奮地直搓手，連聲稱好，痛快地收下這白皙高挑，會說英語的中國女人作學生。

儘管岡田對這個中國女人的這等素質感覺意外，他可不輕易把便宜白送給來自那農民國家的任何人。岡田先允許殷茵跟他一起看片子，半個月後確認了殷茵的水準，才開始要求她替自己看片子寫診斷，而由他本人簽名發報告。研究生給導師幹活，正如作坊裡的徒弟為師傅賣力，本是古今中外的天經地義，有別的只是受剝削程度的深淺。給導師幹到一定年限（被宰得差不多了），然後定題目，寫論文，拿學位。所以，殷茵不能太計較。好在可學的東西挺多，畢竟是設備先進。然而，系裡其他的留學生，甚至某些日本員工，都覺得殷茵倍受主任抬舉：她不單在岡田的專用電鏡室工作，而且可利用工餘看片子打工賺錢。電鏡診斷委實費收昂貴，而按照私下的君子協定，殷茵的打工所得只是提成，這其中的奧妙僅僅岡田的秘書明細。殷茵又何奈之有？

來東京已經半年多，適應了新的工作環境，日語也能應付日常生活了，殷茵這才有閒暇逛逛風景。那是一個不陰不晴的夏日，在季風的間歇，氣候清爽。殷茵一身灰紗長裙曳地，由淺草寺的石階冉冉步下。忽見一高大男士，白色和服，在寺前熙熙攘攘的人群中出現，疾步向廟宇走來。他的臉原有一種玉質的白，卻因濃黑的鬚髮微微發青，而眉眼鼻唇間輪廓極其分明。他那種對周邊人物視而不見的神態，使他好像來自另一個世界，來自一個傳奇。殷茵正疑惑，那人已款步趨前，距她三步之遙，深深一拜。殷茵沒來得及看好容貌，那白衣秀士已消逝在茫茫天際。而寺外遊客如雲，寺內香火繚繞，世人世事與前無異，有的是殷茵心旌動搖。

七八個月之後，岡田率殷茵等赴大阪出席一學術會議。會畢，在關西國際機場一家典型的日本料理中為美國同行餞行。主人盛情難卻，客人吞壽司，嚼燒烤，大快朵頤。而淡淡一盅清酒，對殷茵頗有勁道，她面緋紅，目強睜，煞有些醉意。眾人則情緒高漲，頻頻為她進酒。殷茵身上雖軟，心下明白，正犯愁對付的手段，但見一長身男子，黑色和服，迎面而至。他齊肩的黑髮披散，任濱海之風飄吹，那步態那氣色，好似他腰間佩一柄長劍。實際上，他僅留步桌前，對殷茵一鞠躬，拱手送上一張名片，「松本平一郎」。在眾目睽睽之下，殷茵來不及反應，那男子又倏忽不見，惟見連接機場的甬道上燈火通明，窗外的蒼海如夜一般漆黑。同座的一個日本同事喃喃自語：「那是松本……」有些神魂顛倒的樣子，殷茵這才知道松本是一位有名氣的藝術家，我行我素，天馬行空。去年他當眾羞辱了一糾纏不休的少女，引起輿論大嘩，同時迫使追星族和媒介退避三舍。

隨後的兩周內，拿不準是直覺，還是心理作用，殷茵能感覺松本不期而至。他身穿不那麼引人注目的西裝，依然神采迥異。在東京至奇玉縣擁擠而有序的地鐵上，在銀座匆匆的人流裡，在上野的花樹下，甚至在大學樓前的草坪中，他或隱或現，但總保持一段距離。就這樣，那天他倆在大都會博物館裡擦肩而過，竟像面熟的人們一樣交換了注目禮，事後殷茵想起都將信將疑。就這樣，那晚上當她帶著一周的倦意返回自己郊區的公寓時，她聽到在身後不遠不近的地方，那輕捷有力的腳步，那踏在小巷青石板鋪就的路面上的腳步。細雨如絲，路燈透過四月的新葉，散出一片極柔極淡的微綠。她耳邊一聲：「您願不願意同我一起喝茶？」話問得輕，卻含有她不得不順從的力。晚風拂過，新葉在燈影中搖曳，彷彿殷茵的臉捉摸不定，而松本一手將她挽起，大步走進附近的一家茶館。茶上來之後，殷茵驚奇地發現，茶是那麼綠，正像四月的新葉，以前她怎麼沒留意過日本的綠茶之綠？松本說他是畫畫的，殷茵說她在大學裡看電鏡。等一壺茶用完，松本試問以後能不能來找她，殷茵笑而不語。

下一次又是個週末，松本請殷茵參觀他的畫室。這是間木制結構的傳統建築，室內的屏風櫻花漫爛，條幅龍蛇飛舞，筆筒筆架盤根錯節。松本不介意外界對他的褒貶，隨便殷茵流覽他的作品。油彩、水粉、潑墨、篆刻，他什麼都做，取材也多。而放在案頭的一幅蘭草尤其吸引了殷茵的注意：那蘭葉挺拔剛勁，枝頭挑起一朵嬌花，柔若無骨。殷茵有些出神。松本問：「您在想什麼？」殷茵不言語。松本問：「您看見了什麼？」這次殷茵回答：「人看見他們想像的東西」。松本飛快地掃了殷茵一眼，停了半晌，才猶豫地又問：「我還有兩張近作，您看不看？」殷茵好奇地抬起雙眼，松本便從畫櫃的頂端取下兩楨軸畫。抖開頭一幅，只見一端莊淑女由畫卷盈盈步出。她高髻舒挽，裙袂拂風，眉尖略帶幽怨，而顧影徘徊之間，有乘風歸去之意。似曾相識，殷茵在記憶中搜索，卻聽松本在一旁揶揄：「那是我在淺草寺頭次見她時的印象」。殷茵臉飛紅，不語。語言不同的好處是，你可以懂裝不懂。可松本並不甘休，他又展出第二楨畫：這畫比較抽象，乍看宛若一隻葫蘆，而把想像力伸延，不難看出這是女人的臀背，是歪歪斜斜的坐姿。殷茵正看得糊塗，松本又笑：「在關西機場，那女子快醉倒，幸虧有人搭救」。殷茵仍不語。既然她沒承認，那畫就是藝術家本人的想像了。在一盞青燈下，他倆像頭次一樣對飲綠茶。直到黎明，有了早班地鐵，松本把殷茵送回奇玉縣的公寓，連臺階也沒上，就在紫丁香色的晨曦中道別。殷茵好像吃醉了酒，進房間後倒頭便睡，足足睡了一天一夜，又香又沉。

第三次見面時，松本提出為殷茵作素描，說印象總不如寫生好。他們已不再疏生，殷茵因此沒有推辭。等她坐下擺好了姿勢，突然曼聲曼氣向松本發問：「你們日本人最喜歡什麼？」這下倒把松本問住。松本沉思片刻：「還是那句老話，櫻花是花中之王，武士為人中之秀。我們追求極致」。追求極致。松本吸了一口氣，反問：「您最喜歡什麼？」殷茵不假思索：「看電鏡」。聽去傻裡傻氣的，殷茵說完便有些後悔。誰知松本沒有一點訕笑的意思，擰住他兩股濃眉，專注地聽她傾訴。「不管在中國還是在日本，看電鏡是我最開心的事。儘管我吃飯、睡覺、跟人講話，其實都是看電鏡的間隙。看電鏡時我獨有一個世界，一進去，對其他什麼事情都不大關心了」。殷茵從來不愛大發議論，且不說用日語議論，更不用說對著松本議論了。但她很高興把心裡話一吐為快，至於能不能聽懂，那就是對方的事了。而松本恰是那字字句句都聽得懂的對方。殷茵的話觸痛了他的神經。

松本出身一個古老的武士家庭，明治以後，家道中落。當他作為一個青年藝術家在京都長大，家境已經相當貧困。起初才華橫溢而風格古典的他，並不受世人賞識，後來偶然被一畫商看中，聚了一幫評論家吹捧，一舉成名。而松本本人對現代日本的金錢萬能和人心浮躁非常厭惡，常有一些不合社會規範的舉止言行，得罪了一批人，同時贏得更大的名聲。由於家世和個人早年的際遇，他抱著人生莫測和捕捉瞬息的處世態度，與女人沒有固定的關係，更談不上墜入情網了。那天在淺草寺邂逅，松本原以為他僅被殷茵的超逸與冷豔震懾，追隨她只是想用畫筆再現那美妙的一刻。用不了多久，松本就明白他牽腸掛肚的遠不止這些，比如剛才殷茵對「入境」的描述，在東京這喧囂的都市裡，絕對的空谷足音，松本一陣心悸。本來，他可以用犀利明快的筆觸，勾勒一管精緻的懸膽鼻，一顆小巧的眉間痣，一雙欲訴還休盡在不言之中的含情目……可筆不聽使喚。他陷入沉寂，那種海嘯爆發之前的危險的沉寂。灰色的熱浪在他體內膨脹，轟然沖決而出，沖塌房梁，拍塌四壁，鋪天蓋地將殷茵裹住

……

在箱根一帶，松本長年租用幾間農舍，作為週末的消閒地。夏夜，窗外松濤輕吼，塔上風鈴低吟。夜半時分，酣睡中的殷茵忽聽松本呼喚，急切訴說。原來他在月下觀察殷茵許久，決定以她的身體為畫紙，繪一幅構思已久的菊花。殷茵迷迷糊糊，側臥在榻榻米上，隨松本擺佈。他用飽蘸墨汁的畫筆，由殷茵脖頸的根部起，向下大筆一揮，幾下勾出花形，然後圈圈點點，麻酥酥的感覺直滲髓骨。殷茵一骨碌翻身坐起，松本就勢在背後作簡約的勾連，創作完畢。松本俯身向下，將殷茵輕輕扶起。不知是愛人還是賞畫，他把殷茵擁至鏡前，只見花蕾花蕊花萼花莖，由胸腰臀腿飛流直下。菊花，原表示端麗，淡泊，嫻雅。如今在松本筆下的卻別具一派風姿：彎曲的花瓣彷彿充滿欲望的手指，優美而執著地由緊裹的花心向外伸張，貪婪地呼吸空氣，沐浴陽光，原來人生可以如此汪洋恣意！殷茵不由自主地在鏡前打轉，松本早已退進隔壁的浴室，急急地催促殷茵共同入浴。殷茵央告著，趁墨蹟未乾，在白綢睡袍上打個滾，至少可以留下遐想的痕跡。松本笑歎：「美乃瞬息，轉瞬即逝」，遂將殷茵拽入浴缸。眼見那墨汁在清水裡泛

起層層漣漪，而花朵本身了然無痕，殷茵柔腸寸斷……直至東方吐白，松本才將一汪杏仁豆腐似的她，小心地托出水面。

那年，他們在房前屋後點種了瓜菜。由於風調雨順，不怎麼經意，就瓜菜滿園。殷茵將它們摘下洗淨，放在池中，待忙完一陣沖涼出來，卻見松本沖著水池發愣。她湊近，聽見松本自言自語：「什麼也比不上自然的好」。原來那柿子椒茄子青豆黃瓜番茄，鵝黃嫩綠亮紫鮮紅，天然一幅馬蒂斯的裝飾畫。而稍加排列組合，又變成畢卡索的怪人怪獸。再把瓜菜全從水池中取出，就像西藏的僧侶攪翻他們精心堆砌的沙圖，便空無一物。松本獨坐那端，陷入了沉思。

松本嗜酒，他父親死於肝病。殷茵曾勸他戒酒，松本卻自有他一套人生的大道理：人能降生本身就是個奇跡。試想一粒精子擊敗了億萬同胞，才獨佔花魁；之後又冒著異位坐胎小產人流一系列風險，難產或順產地來到這不怎麼友好的世界上。接下來是嬰兒結核小兒麻痹大腦炎肝炎，愛滋病精神病心臟病癌症，最後是帕金森氏綜合症和老年性癡呆，躲了初一躲不過十五。如果病魔暫時饒了你，還有車禍空難自殺在等候。所以，能活下來已經算撿了便宜，就已經中了彩票。所以，無論如何不能錯過這千載難逢的大好時機，要及時行樂，要及時出活。至於死，它與生俱來，時刻隱藏在角落裏窺測機會，只不過一時它無機可乘，或者你暫時還不肯向它甘拜下風。然而它無時無處不在，是生的伴侶。既然不否認酒是人生一樂，他們找到一個折中的辦法，松本有節制地飲，殷茵無限制地陪。他仍飲得多，半醉不醉。她仍飲得少，半醒不醒。於是，他們呆看著花影隨日頭從青階上移去，直到樹影又被明月扶上窗扉。於是，錯落的花影變成油墨的點彩，疏朗的樹影化作竹木的抽象造型。

殷茵的衣服盡是灰黑藍白色，讓松本直納悶：你們中國女人的心情總這麼憂鬱？他既想教殷茵開眼，又想跟美國式的T恤衫和牛仔褲作對，便鉚足了勁搞了一番設計。當殷茵穿起這繡滿松竹梅的藕荷色錦緞和服，紮上銀紅燙金的圍腰，系好絳紫的絲帶，再腳蹬白襪白屐，那儀態的雍容華貴典雅，簡直可以進入江戶時代的宮廷，松本美滋滋地特此用金粉畫了一楨仕女圖。而更絕的要算那件緊身的白絹旗袍：正紅的硬高領，黑緞的盤花扣，寬口的半截袖，大開衩的下擺，外帶一雙深灰高跟皮鞋，使得殷茵舉手投足之間，好似翩翩起舞的丹頂鶴。在松本的一次首展式上，殷茵因為這旗袍，成為媒介追逐的目標，這倒是松本始料所不及。他倆倉皇出逃。

日前，殷茵在畫室裡見到兩張照片，是當年日軍佔領蘆溝橋的舊照和現今上海繁華都市的彩色傳真。松本把它們放大，巧妙地剪貼在一起。舊照變得清晰，清晰的如同木刻；新照反而模糊不清，好似好萊塢的花哨特技。在此之上，他又端出泰山黃河，富士東海，大墨淋漓地潑灑重彩，然後拿目光詢問殷茵。殷茵明白松本的本意。卻不喜歡這種格調，故口出反語：

「一衣帶水」。松本馬上將畫稿收起，從此不提。松本事後向殷茵供認：「妳我都是唯美主義者，受不了醜陋的現實」。松本的現實，包括唯利是圖的畫商，趨炎附勢的媒體。殷茵的現實，包括她的婚姻，雖談不上指腹為親八抬大轎，終歸是她本人向習俗低頭。可一想到孩子，又特別的內疚。松本勸慰她：「有家就有累，除了責任義務，就是利己的期待。譬如我爹，說是疼我愛我，其實指望我早早成名，跟投機商盼著期貨增值沒有兩樣！」剛聽到這通議論時，殷茵還挺受刺激，後來細想自己不過是五十步笑百步，便無心去說長道短了。

說來也奇，殷茵週末與松本一起神魂顛倒，周日工作起來卻心神愈發聚斂。從前下班後抽空打工所看的片子，現在全部可在班上完成。岡田察覺後頗為詫異，可診斷之准，速度之快，無懈可擊。近年來岡田被行政事務纏身，眼力也大不如前，業務逐漸荒疏，其實難符盛名，疑難的病例則多由殷茵來處理。所以，他對殷茵不大挑剔，能抓耗子的就是好貓，任賢舉能。況且，自打與松本交往，殷茵日見滋潤，由原先某檔次的人士才能賞識的氣質美，變為有目共睹的亮麗。某次，岡田到電鏡室常規檢查工作，一見殷茵，驚豔之下，忘乎所以。他風馬牛不相及地念叨一通，「看來本國的水土您很受用呀」，然後不知所云地離去。難怪系裡有好事者，早就傳聞殷茵在岡田處「得寵」。

秋冬春夏，轉眼一年。六月初去北海道，松本自然要帶殷茵到人跡絕少的地方。在那無邊的開花的荒野，松本為殷茵制一頂金菊的花冠，自己套上一隻紫蘭的花環。他們餓了採集黑紅的漿果，渴了掬一捧清泉。在雷電劈折的古樹前，在湍流切割的山谷中，他們忘記了何去何從，只為今世有緣而欣喜。莎翁說，「人生是一個大舞臺，每個人都是臺上的演員」。關鍵是如何找到合適的時間和地點，成為最好的演員，把自我發揮到極致。或者說，如何能完全擺脫自我，變成另外一人，在另一個世界裡活得痛快。殷茵跟著松本在北海道度假，是一九八九年。

八九年六月初，中國發生了眾所周知的事情，不在這裡贅述。然而當天，正巧鐘原去丈母娘家接兒子，堵在復興門就出不來了。後來終於出來了，是被擔架抬到急診室的。殷老太一把鼻涕一把淚往東京打電話，打得差點心肌梗死，也沒人接。她哪能想到殷茵早就不看新聞了，一沒時間二沒興趣。待到殷茵淩晨兩點回家，聽到電話錄音，才急著向北京掛電話，又總掛不出去，想必是掛電話的人太多了。她打開電視……，登時手指頭尖發麻。一瞬間，什麼層林灰鶴，什麼長天白水，通通變成紙糊的道具。如果真有陰陽兩界，哪兒是陰哪兒是陽無關緊要，要緊的是，殷茵到底被拽回到現實中來。她自言自語，殷茵呀殷茵，你忘了自己是誰，呆在日本，尋歡作樂！好不容易敖到天亮，她頭重腳輕地去上班，所有的人不但知道中國發生的事，而且知道了她家裡發生的事情。原來老太太氣急之下，往實驗室發了電傳，心說跑得了和尚跑不了廟。於是殷茵成為眾人同情的對象。由岡田倡議，全系募捐，一上午便集資二百萬日元。平時與殷茵爭風的幾位同事，表現得特別買塊兒，殷茵羞憤交加，斷然謝絕了上下的好意。

當晚，就在他們頭次聚會的小茶館，殷茵破例地約見松本。她開門見山說她得馬上回國。松本保持緘默，那張本來就有些泛青的臉隱隱發綠。殷茵以為松本至少會表示理解同情，來兩句「要是我，也會這樣做」，或者明言恫嚇「妳早晚要後悔的！」不料直到分手，松本才從牙縫裡迸出這幾個字：「妳剛從套裡出來，又鑽回套裡去了」。說得殷茵心裡七上八下，松本卻擺擺手退下臺階，退進了樹的濃陰。

離開東京時，松本沒來送別。倒是岡田挺懇切地叮嚀：「等事情辦完，早些回來」。說完又覺出不妥，遂改口：「什麼時候想回來，儘管打招呼」。殷茵似懂非懂。上了飛機，她的眼淚才唰唰往下淌。空姐善解人意，送來大把的紙巾。

洞中方七日，世上已千年。殷茵一到北京，直奔醫院。鐘原臉色灰黃，懶言少語。他的左上臂中了一顆流彈，差幾寸就射進心臟，可比起其他的傷患來講，傷勢算輕，所以擱在急診室的過道上，一擱就三天。大夏天的，過道裡又擁擠，鐘原化膿感染發高燒。要不是殷茵及時趕回來，托了關係，他多半還躺在急診室的門口排大隊呢。殷茵找了當外科大夫的同學，打吊針上手術，一周下來總算控制了病情。好在一天到晚忙忙碌碌，避免了無言以對，避免了目光的接觸。有時兩人相處著尷尬，他們就談傷勢談孩子談老母。鐘原出院後，殷茵的責任更重，洗傷換藥包紮，再看急診取藥複診。殷老太照料著外孫，偶爾才過來看望一下，不願意孩子太受刺激。總之，在三個月後殷茵回原單位上班時，鐘原生活上已大體上能夠自理，孩子暫時還住在姥姥家。殷茵走進電鏡室，雖然陳設簡陋，心情總算平靜了許多，這才是她本人的歸宿。

往後的日子過得飛快，以年計算。殷茵不提日本，也絕少去想它，她把記憶與想像死死封存。有機會去日本開會，她都推辭了，不出國門。在她回國半年之後，松本來過一次電話，打到單位裡，說要到北京來看她。她說也好，她讓先生和兒子一道為他接風。此後便不再有松本的消息。殷茵被評為副研究員，並用她在日本的積蓄買下一套兩居室的住房。說真的，同事們都有點敬她，因為她業務極好，又與世無爭；加上先生殘疾，甚至有點讓她。敬她讓她，她渾然不覺，只埋頭搞電鏡。

而鐘原通過一個在大公司作老總的同學，找了一份閑差事，大部分時間用來帶孩子，從送托兒所開始，到後來手把手地教加減乘除。一次老同學聚會，酒過三巡之後，小林突然不陰不陽地問起鐘原近況如何。同學多年不見，此話問得也不出奇，鐘原卻能聽出話裡的刺兒，馬上直言不諱：「我老婆在外搞專業；我在內，主家務」，一口把那小子噎住。話說他倆在中學是老對頭，小林在成績上總被鐘原壓著一頭。可眼下他不但正規大學畢業，而且正給某要人當秘書，自我感覺在良好以上。對比之下，鐘原連個電大的文憑也沒混上，更甭提那胳膊腿兒的了。於是小林想趁著酒興，唱唱翻身道情：「我說鐘原，你當初九天攬月，五洋捉鱉的，到頭來就甘當女人的下手？」眾人一聽傻了眼，心說小林這人也太不夠意思了。虧著在外企搞公關的老楊腦瓜兒轉得快，忙把話茬接過來：「小林子，我原以為你這些年跟著首長有長進，看來還不懂得有福之人不用忙的道理。就沖著當年殷茵那股傲勁，除了鐘原，哪個敢上？如今你看人家，老婆大把洋錢往回背，又花容月貌哪像個四十幾的？你林秘再牛，不還得跟在老頭子屁股後頭，給人家拎包！」眾人一陣哄笑，氣氛好歹輕鬆下來。眼瞅著小林也蔫了，可鐘原越尋思越不是味兒。

鐘原不但覺得不是味兒，而且心裡窩著火。火的是老楊說得對，他有兩居室的新居，老婆至今還是公認的美女。他火的是小林說得也對，他鐘原空懷大志，到頭來一事無成，而老婆……哎，鐘原都沒法跟人說！頭殷茵去日本以前，兩口子的關係不算熱乎，總過得去，就像大多數的中國家庭一樣。那時會有口角，正因為還有交流的願望，還想聽聽對方的想法，才會有磕磕碰碰。到如今，除非兒子的事，你東他西，各說各的，久了覺得累，乾脆閉嘴。因為沒了話，也就更疏遠。又因為沒有第三者，夫妻關係似乎沒有破裂的理由。就這樣，不戰不和，相持不下，雙方都挺難受。眼瞅著兒子漸漸長大，一居室的住房顯然不夠，於是殷茵拿她在日本掙的錢，買下兩居室的新居。明說是他倆一間，兒子一間，剩下的就是客廳。殷茵用那客廳查資料看文獻，常常熬到深夜，然後就睡在那裡。而鐘原得早起給兒子做早點，送他上學，作息自然不同。就這樣神不知鬼不覺的，兩人分居了，外人當然不知情。偶然同床時，殷茵跟個木頭疙瘩似的，鐘原哪能有情緒？

這天，鐘原不知犯了什麼邪，想起那張全家福來，那是殷茵臨出國前全家留的影。殷茵在海外時，鐘原沒事就對著它打發時光。可自打搬進這新家，什麼都挪了窩兒，真他媽的見鬼！他翻箱倒櫃，好像丟了護身符。突然在五斗櫃裡，他發現一隻手鐲。殷茵從來不戴首飾，為什麼在抽屜的深處悄悄放著這個？乍看，這黑漆手鐲並不起眼，仔細端詳，卻大不為然：端莊光滑輕巧，有一種不外露的沉著的美。鐘原素來品味不低，馬上識出此物非比尋常。誰給的？顯然打日本帶回來的，還藏著！他的胃攪騰起來，酸酸苦苦。鐘原從前雖然知道殷茵不愛自己，但她也不愛別人，清心寡欲嘛！好像有一件寶物，既不歸自己，也不歸別人，心裡倒踏實。現在猛然轉過筋來，這些年的忍辱負重委屈求全整個的傻帽！於是怨氣怒氣窩囊氣全攙合起來。他在屋子裡團團轉，想砸東西，一抬眼瞥見桌上那半瓶「五糧液」，抓起來就要碎立櫃，而酒瓶子一沾手，就灌下去好幾口。近來他又抽煙又喝酒，殷茵視而不見。人家不把你放在心上，人家壓根就沒把你放在心上！鐘原咕嚕咕嚕幹完那半瓶酒，正趕上小時工小霞，穿一身勾花半透明的衣裙扭將進來。這小騷貨平時就愛招招逗逗地犯賤，今兒個可撞到槍口上！……完事之後，鐘原一點不覺得心裡有愧。他倒不至於去四處張揚，可哥們如果問起，他也沒啥好瞞。敢情殷茵也不是吃素的！鐘原真想讓這種裝著不食人間煙火的自命清高的主兒照照鏡子，有啥了不起的？！再說他跟小霞還幹得蠻過癮！起碼在這上頭，跟殷茵打了個平手。他為圖一時痛快，又順手把那鐲子撂給小霞。當酒勁過後，鐘原覺得這事倒做得有點過損，可東西已經出手，同時覺得什麼都沒勁，反正豁出去了，管他呢！

那天，殷茵在城裡開完會，提前回家。鐘原不在，而雇了幾個月的小時工磨磨蹭蹭地還沒走。殷茵一貫起早貪黑地上班，這小霞沒照過她幾面。難得有個討好女主人的機會，於是小霞端上一杯茶，恭恭敬敬地遞到剛落座的殷茵面前。小霞是安徽人，白白淨淨，那黑鐲子戴在她細溜溜的腕子上很招眼。殷茵雖不關心時尚，可那鐲子怎能逃過她的眼？「妳這鐲子哪兒來的？」話問得唐突，小霞一愣，信口胡謅：「在後街小攤上買的」。「多少錢？」忽聽殷茵嗓音沙啞，小霞這才慌了神，況且又心說這家的大權反正不在這女的手裡，況且……便不知天高地厚地：「是鐘先生給的……」，話音未落，殷茵早滿目霜雪。小霞方知闖下禍事，正作淚眼汪汪狀，卻聽殷茵有氣無力地：「放下鐲子，走人」。小霞巴不得，馬上利索地退下手鐲，悄沒聲地溜出門外。

殷茵無意間在從鏡子裡窺見自己，面白如紙，嘴角抽動。她捏著那黑漆手鐲，這是她身邊僅存的松本的信物。松本給她的東西多得數不清，從他的一截長髮到古剎老僧的念珠，到海生化石的吉祥物……唯有這樸素的漆鐲，格外令她傾心。臨別東京，也許因它輕而又輕，也許因為漆妻同音，殷茵獨獨帶著它回到中國。以後就放在五斗櫃頭一個抽屜的盡裡頭，自以為那是她的一塊禁地，自以為那是她生活中最隱秘的角落。可誰都知道它放在哪裡，保姆還公然戴在手腕子上，用這種最丟人現眼的方式，向全世界公開她的秘密！

天擦黑，鐘原才回來，顯然比往常晚得多，顯然也與小霞通過氣。殷茵和他誰都不先開口，都想等到孩子睡著以後。時鐘敲過十一點，鐘原發了話，比他兩人預料得都冷靜：「殷茵，我錯了，當初不該追妳。妳也錯了，當初不該同意嫁我」。話說得合情合理，而且是站在歷史的高度。「妳跟我結婚，是為了更好地看電鏡，否則妳媽和社會不叫妳清靜」。畢竟夫妻多年，鐘原還是比別人瞭解自己。「剛有兒子時，我心存幻想，這回總該歇心了吧？哪有媽不疼孩子的呢？」我疼孩子嗎？殷茵心裡自問。「妳孩子沒斷奶就去了日本，一去快三年，除了寄錢回來沒別的音信。我爺倆相依為命。妳知道怎麼泡奶粉？怎麼換尿布？」殷茵直眨巴眼。「我胳膊斷了，妳回來了，妳盡心照料我，叫我挺感動。可我漸漸悟出來，妳那是救死扶傷，為人民服務，並不是真沖著我鐘原來的！自從買下這兩居室，咱倆基本上分著住，偶然在一起，妳忍著挨著等著完事，妳當我是傻X？有時候我去理髮，給我剃頭的小妞挺甜，我心說我就配找這樣的！我也是個大老爺們的，好歹伺候了妳半輩子！」鐘原說到此處，不由激動起來：「那鐲子，我就看不出來是個好東西？可我恨它！恨它！躲在一個犄角旮旯，這一家子的晦氣全打那兒冒出來！我承認我小心眼，把妳的心肝寶貝打發了，老子今兒個是成心！」鐘原本是厚道人，話到此處，已然後悔。而殷茵此時啥也沒聽見，腦子裡嗡嗡亂響的倒是松本的那句話：「妳剛從套裡出來，又鑽回套裡去了！」而她開始問自己：失去的還能找回來嗎？

失去的還能找回來嗎？當鐘原還在往外倒苦水的時候，殷茵已作出回日本完成學業的決定。她不記得怎麼跟領導說的。事實上，這位業務上拔尖的電鏡專家，不爭功，不惹事，從不向上面提任何要求。住房是她自己解決的，當個副研也是上上下下都覺得要不然實在說不過去。「六四」之後，多少海外學人正好找上藉口不回來了。不管是為國是為家，殷茵風風火火地跑回來。現在她請求去日本修完學業，雖然事隔十年，也不好拒絕，於是領導開了綠燈。臨行，殷茵把一部分存款留給老母，大部分交給鐘原。那晚在鐘原坦白兼控訴之前，家裡的氣氛劍拔弩張。而經過鐘原的一通發洩，兩人儘管說不上高興，其實都有些釋然。鐘原尤其明白，他與殷茵婚姻的癥結，並不是什麼黑白鐲子大小霞，而是物換星移。這回，他鐘原也要從頭走一遭了。既然雙方意識到緣分已盡，反倒心氣平和。鐘原曾多年摯愛殷茵，又始終是個疼兒子的爹，於是兩人幾乎像兄妹一般地分手。殷茵叮囑鐘原照顧好兒子。兒子已經上初中，那晚上父母的談話，他聽得真真楚楚。他從小愛爸爸，跟爸爸親；也敬心理上地理上都遙遠的媽媽。這時，殷茵讓他聽爸爸和姥姥的話，他似乎巒懂事地點點頭。

十月底的東京，冷冷清清。空的街，禿的樹，秋的感覺。岡田退休了，新的老闆經岡田的推薦，對殷茵挺客氣。安頓下來之後，殷茵設法與松本聯繫，當然電話線早斷了。她搜腸刮肚，終於想起個松本的朋友，硬著頭皮去了電話。那位叫阪原的接過電話，聽說找松本，吞吞吐吐，不願多說。不得已，殷茵自報姓名，自報來自中國。阪原一聽，果然口氣變了。他沉吟片刻，說松本約在十年前已離開藝術界，改從事教育事業，現在聯合國教科文組織裡工作。儘管殷茵事先作好了各種精神準備，可還是沒料到有這一齣。「他們曾去黑非洲南美洲，救濟發展中國家的人民。目前正在不丹國援助當地的村民……」阪原的聲音聽去像機器人在摹擬人類的語言，說的是真話，你卻不敢完全信以為真。「多謝，多謝」，殷茵聽著自己的聲音更假。但她仍然頭腦清醒地要下松本的通訊處，包括電子郵件的信箱，彷彿她是跟人壽保險公司的代理打交道，一點都含糊不得。最後，她居然厚顏無恥地問：「他們是誰？」「松本和他的太太幸子」。殷茵掛上電話，走出電話亭。街上汽車照跑，行人照走，沒有山崩地裂海嘯，也沒有日食月食，只一片雪花落到她的鼻尖上，輕輕地，宛如一隻剛飛走的蝴蝶。

殷茵無目的地在都市裡遊蕩，不知不覺逛進現代美術館。她在裡面轉來轉去，就像要尋找什麼人似的。館內一工作人員見她神情有異，問她是否身體不適。殷茵兩目悽惶：「貴館有沒有松本平一郎的作品？」那工作人員向她投過很特別的目光，答只有一件，他十年前就罷筆了，然後引導殷茵來到一個角落。這是一幅不大不小的水粉，幾枝芍藥插在瓶中：有的含苞待放，有的肥沉豐腴，有的依然富麗而略帶倦意似不勝自身的美色，有的早敗落凋零。此畫的寓意如此明顯，難道松本已江郎才盡？更讓殷茵震動的是，從前那行雲流水的筆觸幾乎凝滯，從前那內在的從容氣度幾乎紊亂，且不提生機盎然春光四溢了。工作人員在旁見殷茵看得出神，向她解釋：「這是松本最後一幅公佈於世的繪畫。本館用重金買下，說不定就是絕筆了」。殷茵幽靈一般，逕自出了畫廊，進入戶外的茫茫大雪。往事紛紛揚揚，如無頭無緒的飛雪，而當年報上的一則花絮無論如何從腦中揮之不去：有一位八十老婦，在畫廊裡對著松本的「蘭草」號啕大哭，說那畫畫的是六十年前她與情人做愛的場景。松本本是媒體的熱衷人物，自然圍觀者甚眾。最後老婦由兩名女性保安，連哄帶騙地架出畫廊。

整個學年，殷茵懷抱著一種近乎絕望的希望。在暑假到來之後，她總算下決心通過電子郵件與松本聯繫，詢問可否前往探望。發電子郵件是經過再三權衡的：第一，信件如未收到即被退回；第二，避免直截通話可能帶來的緊張局促。即使這樣，她的心還是懸在嗓子眼，寢食不安。60x60x24x3=259200秒鐘過去了。第三天頭上，她終於得到一個簡短的回復：

「歡迎」。殷茵不知是悲是喜，卻馬上背起行裝。

當小飛機在世界屋脊的小機場緩緩降落時，只有一個當地人開著山地吉普在等候，說是受松本夫婦委託前來迎接。吉普車一路顛簸到達小村落，一直開到一群人跟前。遠遠地，即便從背後，殷茵也能認出他來，高高的個，肩很寬，而消瘦了；原先漆亮的長髮，束成一根馬尾，花白稀鬆。有一個女人打了照面，氣質可以但相當難看，恐怕是幸子。果然那女人招招手，眾人圍過來。原來松本夫婦正指導村民，在一口大鍋裡用野草熬紙漿。松本巒熱情地過來招呼，聽去卻像山風一樣遙遠。他的眼一清見底，沒了往日的波濤，換句話說，心如止水。他很認真地向殷茵介紹，本地有一種草，他和幸子發現，熬漿可以造紙，於是解決了村裡孩子們學習的紙張問題。而這種草之多，遍地都是，村民們造紙後拿到鄰近的集市上賣，可換回錢來買吃的穿的和書本文具，於是本村的經濟和教育情況均得以改善。松本繼續滔滔不絕：科學家外向開發，求征服自然；藝術家內向挖掘，以表達自己；而社會工作者做一些平凡具體的事，解決老百姓的實際問題。目前這世界上窮人占大多數，所以，幸子和他在第三世界裡服務。

從第一眼見到松本起，殷茵便知道事情已經不可挽回。她太瞭解松本了，甚至超過他本人。她可以從松本的背後，用他那獨特的神經來感覺殷茵：臉特白，佈滿細皺，像一朵行將枯萎的花。凋謝的美，美的凋謝，當年他會用這樣的哲學字眼來調侃某些靈感枯竭的人。真正的要害卻在，她已經不美了。這並不是因為她失去了世人還共賞的顏色，而是她失去當初松本慧眼獨鍾的一點精神。就憑那點精神，她格外亮眼，亮得在成百上千的人群裡，單單顯出她一個。松本認為，殷茵捨棄了兩人心有靈犀的境界，去迎合現世，不管是家是國是社會還是他媽的什麼！曾經滄海難為水，她怎能還去忍受那行屍走肉般的苟活？她難道不懂得境界難入？無論繪畫插花茶道參禪，人們捨生忘死夢寐以求的就是一種境界。有些人在國事家事公共事務上也能入境，而殷茵和松本又不是那號人物，他不能原諒殷茵的掉以輕心。

可殷茵心裡也有數，是無聲的隱忍，是日復一日的銷磨，耗去她的精神，耗盡她在松本眼中的光色，好比一隻精巧的細瓷，歷經風吹雨打，眼看著變成一具還說得過去的粗陶。她太瞭解松本了，不管他怎麼自稱社會工作者，怎麼憤世嫉俗地殉道，他骨子裡還是徹頭徹尾的唯美主義者，還是與生俱來的藝術家。他不會因為不再繪畫就降低了美的標準。現在的不醜代替不了從前的美，陶器也不等於瓷器。誰說愛是永恆的？誰說真正的美是心靈美？昨夜的星辰隕落。不需矯飾，也不能強勉，沒了感情就是沒了感情。松本永遠是感覺上特真感情上特絕的人。

松本夫婦陪著殷茵參觀了造紙作坊，又在村裡轉了兩轉，最後在教室裡坐下來。幸子用她那日語腔特重的英語教孩子們單字。在這窮鄉僻壤，松本通過開拓財源發揮了他浪漫主義的創造力，而幸子又腳踏實地變物質為精神。至少從這點上講，他倆相輔相成，配合默契，殷茵試圖說服自己松本為何與幸子在一起。

她卻不能否認，這個松本也不再是當年的松本了。他依舊很白，是那種高山紫外線也曬不黑的那種白，不過白中透有病色。他曾說死與生俱來，也曾說有時候死亡來臨，是因為你已向它作了妥協。殷茵又不由想起白求恩大夫，他為擺脫失戀的折磨，投身水深火熱的中國，終於在華北的窯洞裡鞠躬盡瘁，死而後已。

兩天後，殷茵又搭上小飛機離去，這次松本夫婦雙雙到機場送行。當小飛機晃晃悠悠地升起，殷茵看見松本向她招手，那是她在十年前未曾得到的。地面的人形越來越小，殷茵兩眼乾澀。從陳舊的機窗上，她望見自己輪廓尚好的面容，不自覺地將額前的一綹灰髮理向耳後，又不自覺地挺直了腰身。這不是為了松本，不是為了鐘原，甚至不是為了兒子。也許這是為了她自己，也許這只不過是多年來看電鏡養成的習慣。

（2000年）

在美國的蘇聯人
奶奶活到九十多歲，她對娜塔沙說：「我熬過了所有的那些大人物……」

在美國的蘇聯人——並非當年流落異鄉的「白俄」

尤利出身於紅色家庭。雖然他的祖父和父親都是工人，他的母親卻是蘇聯列寧格勒一所醫學院的院長，而尤利自己是位小兒科醫生兼物理學博士。像這樣特殊的家庭組合，恐怕只是在當年的蘇聯才有。顯然，他們家是蘇維埃政權的受益者。

九十年代初，我第一次見到尤利時，他僅二十出頭，藍眼睛、中等個，夠不上英俊，看去就像從前蘇聯電影裡普通的紅軍士兵。那時正趕上蘇聯土崩瓦解，尤利痛心疾首，大罵戈巴契夫是昏君敗家子，大罵葉利欽是酒鬼賣國賊。我問：「此時比起勃列日涅夫那會兒怎樣？」可能這話正戳到痛處，尤利竟一時語噎，無從對答。我連忙替他接過話茬：「就是一個天上，一個地下，對不對？」尤利聽罷不住地點頭。

他當時的妻子柳芭是個烏克蘭人，兩人新婚不久。也許是美國地肥水美，不到兩年，尤利便得二子。然而，蘇聯的解體導致烏克蘭宣告獨立，與結盟三百餘年的俄羅斯分裂，柳芭也跟尤利分了手。可以說，在短短三五年裏，尤利目睹和親歷了國破家亡。作為一個驕傲的俄國人，他在十幾二十年前就成了俄國的「憤青」，應當是如今中國「憤青」的老前輩。即使到了現在，在尤利的書房裡，勃列日涅夫的頭像仍跟當初某一朝鮮族裔在蘇聯長大的搖滾歌星的頭像並掛，既是思鄉懷舊，也算悼念青春。

儘管有一陣子中國把蘇聯罵成修正主義，可在此之前，蘇聯又當過中國好幾十年的老大哥；且不提我在國內的難兄難弟裏面有不少人是當年的紅衛兵，如今也掛主席像，唱紅歌，很懷舊。於是，尤利和我既往不咎，求同存異，距離馬上拉近乎了。

記得那年，尤利作為訪問學者剛來實驗室，老闆就打算雇他。這倒不是因為尤利有雙學位，而是因為他能自編程式，在電腦上手快如飛。而不久，俄國就面目全非了，尤利遂滯留美國不歸。

尤利目前的妻子娜塔莎，則來自一個在帝俄時期很顯赫的家庭。她的父系在舊俄是沙皇的朋友，但母系才賦予真正高貴的血統：祖上不止在幾百年前主持過與沙皇爭奪教權的喀山大教堂，而且在十九世紀中葉，更是企圖變革俄國的亞歷山大二世的欽差大臣。

當時的日本和俄國都爭先恐後地推行新政，以期稱霸遠東乃至世界。亞歷山大二世先廢除了農奴制，然後打算進一步變更沙俄的君主制為君主立憲制，因而觸犯了大地主大貴族權勢集團的利益。於是他們假手激進的民意黨（列寧之兄），暗殺了沙皇，致使俄國的改革半途而廢。以此看來，亞歷山大二世的運氣遠不如日本的明治天皇。結果，在這一場遠東的權利博弈中，沙俄一步錯步步錯，終於三十七年之後，帝制消亡，蘇聯成立，此乃後話。

雖然沙俄時期，在彼得堡的商業主街，娜塔莎家族的店鋪毗連，可十月革命以後，她的祖父母並沒有淪為白匪而抗拒新政權，也沒有跑到國外去充當白俄，只順從地將財產交公，安分守己地作布爾什維克治下的良民。由於與人為善，在整棟房產充公之後，她家仍被允許保留幾間向陽的小房間；加之有一技之長，他祖父被允許在大學裡任教，二戰時甚至給蘇聯工程兵的設防出謀劃策，為俄國盡忠。一九四二年，德軍圍困了列寧格勒，人民饑寒交迫，娜塔莎的祖母拿出家傳的古董，在黑市上換點吃食餬口。為防止文物流失，她祖父還徵得鄰人的同意，將幾幅名貴的油畫封存於已歸他人而原屬自己的密室，戰後才得以保留。等到戰爭結束了，儘管蘇聯尚未「解凍」，人們卻相信大難不死，必有後福，有如鳳凰涅磐，於是巴望著巨變，期待著新生。當然這是娜塔莎家人的感受。就算她家不是白俄，但什麼藤上結什麼瓜，什麼階級說什麼話，這話放到國外也是不假。

娜塔莎有一位在聖彼得堡作歷史學家的叔父，是一位持不同政見者，他對赫魯雪夫的評價很高。據稱赫氏把高幹的工資由幾萬盧布降為幾千，用裁減軍費讓農民吃上土豆燒牛肉，還在國際上與美國和平共處。如此這般，不但跟中共的毛澤東反目，在蘇共黨內也到處樹敵。黨內的保守派先合謀把他搞掉，緊接著對他進行人身攻擊。其中最惡毒的要數對他兒子的下落所作的文章：二戰時赫氏之子是飛行員，飛機墜落，生死不明。但有謠言說，是他故意毀機自墜，以投降納粹；後被蘇軍抓回，赫氏曾下跪為子求情，但終被史達林以叛國罪處決。此事原為歷史上的一個疑點，可蘇共黨內的大佬們對此大肆渲染，暗示赫氏對史達林的秘密報告是公報私仇。

至於如眾所週知，赫氏是仗著拍史達林的馬屁爬上去的，娜塔莎的叔父替他辯解道，那是在暴政之下不得已採取的存活方式。譬如在三十年代，赫氏在其家鄉烏克蘭，強力推行史達林的「集體農莊制」，生靈塗炭。而等到史達林去世，赫氏掌權之後，他在某次宴會上佯醉，借機將聯邦中俄國版圖下的海軍基地克裡米亞「歸還」給烏克蘭。這似乎從旁說明瞭赫氏的「良心未泯」，想以此對鄉親故老們來「將功贖罪」。再聯繫到帝俄晚期，首相斯托雷平力挽狂瀾於即倒，施行土改，而遭到謀殺；近代蘇聯的黨政首腦戈巴契夫，企圖搞歐式開明政治而被廢黜，娜塔莎叔父所下的結論是：俄國的變革總是舉步維艱，更遭左右夾攻、腹背受敵，故改革者的下場都很慘。

然而，娜塔莎的祖母活了九十多歲。晚年她對孫女說：「我熬磨過來了，我熬過了沙皇、列寧、史達林、赫魯雪夫、勃列日涅夫，熬活過了所有這些大人物！人活一輩子，最要緊的是家庭，什麼錢呀、房子呀，他們要啥就拿啥，都是身外之物。可有的東西他們是拿不走的，那就是我的親人！」

娜塔莎在蘇聯是一位植物學家，現在美國搞園林設計。在言談話語之間，她總自詡為科學工作者。我原來的印象，俄國女人都是人高馬大，就像原先蘇聯畫報裡所見的集體農莊的老大媽。沒想到娜塔莎又細又長，體態如弱柳扶風，而一雙幽藍的眼睛目光深邃，讓她在柔曼之中又帶有幾分執著。娜塔莎在俄國的親戚朋友不是藝術家就是企業家，她的大學同學現也大多移居海外。她待客的茶具餐具，雖樣式古舊、殘缺不全，卻精緻典雅，這多少顯示出她不尋常的家世背景。

可我新近聽說尤利被實驗室裁員，我一聽就知道這裡頭有名堂。他所在的實驗室雖屬研究性質，但也兼為臨床的器官移植作組織配型。由於尤利手下一個技術員的疏忽，將某一標本貼錯了標籤，引起器官移植的排斥反應，引起病人家屬對大學醫院的訴訟。這類事件偶然會在醫務界發生。如果上級維護你，就會大事化小，因為組織配型往往並不意味著配型的完全吻合。而如果上級打算擺脫幹係，那麼小題也會大做。從前賞識尤利的那位老闆已經退休了，冤家路窄，新任的老闆謝爾蓋也是一位來自原蘇聯的人。這謝爾蓋只有醫學學位，當初提升為主任時就有爭議。但因為他人緣比尤利好，上下圓通，所以在競爭席位時得手了。為了進一步鞏固他的地位，並消除日後的隱患，謝爾蓋不失時機狠狠地鑽了這個空子。不幸，就像一切自恃才高的人一樣，尤利為人疏闊，況且不肯卑躬屈膝。謝爾蓋曾經放話，只要尤利找上門去討個饒，他興許會放尤利一馬。但尤利自信實驗室非有他而不可運行。其實，謝爾蓋是欲擒故縱，尤利的傲慢反正中他的下懷。接下來，謝爾蓋進一步給尤利「下絆兒」：不但不給他出示像樣的推薦信，還四處散佈對他不利的謠言。就這樣，尤利不僅丟了飯碗，甚至很難再在別處找到工作了。

當去我探望尤利時，他正蹲家吃勞保。可那勞保有限，幾近過期。如果他還找不到工作，再往下就得吃撫恤金了。所以，娜塔莎也開始在外面打零工。想當初，尤利躊躇滿志，二十幾歲的人把實驗室的電腦設備更新，編制了當時尚不多見的基因工程的程式，使整個實驗室的業務水準進步了好幾年。可現在，落得個虎落平陽被狗欺！無奈尤利是人在異鄉，多年來為他人作嫁衣裳；眼下又趕上經濟不景氣，就被卸磨殺驢了。

讓我更吃驚的倒是，如今尤利竟異想天開，想用二十多年來攢下的血汗錢開個汽車修理鋪。免疫學家、物理學家、小兒科醫生！見尤利如此山窮水盡，我問：「你想沒想到回俄國去？那畢竟是老家呀！」尤利答：「怎麼不想呵，我每天都在想，可是為了兒子薩沙……」我尋思：這幾年中國的經濟火，所以有不少「海歸」。但俄國又窮又亂的，尤利卻總惦記著回俄國，那一定是受足了美國佬的氣。然而，尤利稱自己不回俄國是為了兒子，而不願說透這其實是為了妻子娜塔莎。

尤利本人一貫對美國不太感冒，他親口跟我講美國人登月也許是個騙局。我不敢苟同，但由此可見作為一個老俄，尤利心裡很不服氣。也該是國家有難，不得不寄人籬下。而娜塔莎的口氣就不同了：「不管怎麼說，人家美國信仰上帝，所以講究道德。哪像當今的俄國，有權的有勢的寡廉鮮恥，一夜之間把民脂民膏據為己有，把黃金美鈔成飛機地運往倫敦、紐約，老百姓卻一貧如洗！」她親眼看到火車沿線的車站上，幾百個鰥寡孤獨的窮人在乞討。我問：「那怎麼沒人管？」娜塔莎答：「管什麼？怎麼管？俄國已成了無法無天的國家，被一群惡棍所壟斷！」她深感薩沙在那種環境裡成長極不安全。

這時，尤利也從旁插話：「我去年回俄國探親，遇到年輕人，問他們將來想幹什麼？人人回答作商人。不再像從前那樣希望成為科學家和工程師」。他還提起，近日一位俄國的朋友來美國旅遊，既然有錢來玩，顯然不會太窮。而問他怎麼掙來的錢，說是給義大利商人開私車。這舊友原來是一位外科大夫。尤利承認，如果現在回俄國繼續當小兒科醫生，薪水不夠養家糊口的。因為國家沒錢，職工工資極低，專業人士如果不貪污受賄，便不可能維持生活。

也許俄國人有夢想的天性，尤利和娜塔莎雖陷困境，卻不把物質看得過重，有一種在美國少見的對金錢的超脫。在娜塔莎45歲生日時，他們仍舊開了慶祝會，仍舊高朋滿座，我也捧著鮮花前往祝賀。據娜塔莎介紹：「在俄國，女人45歲不是老了，而是成熟了。」我倆相視一笑。看著陽臺上那一大桌子的客人，不是大夫就是教授，或是工程師，十有八九是俄國人。原教授米凱爾開玩笑：「妳看看，除了流氓寡頭和要飯的，俄國人在這裡都齊全了！」眾人哄笑。

米凱爾頭髮花白，是一位化學家，現在藥廠工作。他的妻子尼娜，懷抱一女嬰，又時刻尾隨一個滿地亂跑的男童。他們顯然年過半百，我詫異他們的孩子怎麼這麼小。尤利詭秘地笑笑，低聲告我：「這都是借腹懷胎的。」原來尼娜不能生育，而米凱爾的精子尚好，他們便先後兩次雇傭了兩位不同的婦女，替尼娜懷孕。幸而米凱爾和尼娜都是科學家，收入還行，好歹把娃們生了下來。胎兒寶貴，固然心疼。又說尤利來美之後，也是連生三子，彈無虛發。有報導，近年來俄國人口急劇下降，儘管普京應許給每個孕婦賞錢美金兩萬，也是於事無補。

由於以前是大學教授，米凱爾講話有板有眼，字句斟酌。他雖然英語講得不流利，卻用詞語法都挺得當。當蘇聯崩潰時，他正在臺灣做訪問學者，目睹了當地的政治過渡和混亂的選舉，但因有比較，印象深刻。俄國的知識份子有點像中國的一樣，似乎也有憂患意識，也習慣於不由自主地憂國憂民。米凱爾煞有介事地對我宣稱：「至少中國知道自己的路該怎麼走，他們現在做得就很不錯！」為了證明這點，他又上下比劃了一番，說他的服裝從頭到腳都是中國製造，然後猶嫌不足，又補充道：「反正比墨西哥的出品強！」

當年在史達林治下有一種格魯吉亞的烤肉串，在俄國相當流行，於是那天成為生日晚宴的主菜，當然，助興的伏特加、威士卡和各色葡萄美酒也不可或缺。宴酣之餘，賓主們開始抨擊時政，有的說美國插手俄國大選，煽動愚民上街鬧事，唯恐天下不亂；有的說天下已亂，何愁更亂，不如鬧革命！有的替普京辯護，說他至少還在作強國夢；有的則攻擊普京與其他政客都是一丘之貉，而以總理換總統純粹是場鬧劇，給俄國人丟盡了臉。

尤利和我則移到客廳。帶著幾分酒意，一直沉默的尤利開始喋喋：「人活著總該有點意義，總該做一些對社會有益的事……」我不禁納悶：這究竟是青年時代共產黨教育的「餘毒」未散，還是在這物欲橫流的世界裡潰不成軍還想做負隅頑抗？尤利最小的兒子薩沙，為娜塔莎所生養，是唯一在他身邊的孩子。儘管薩沙碧眼金髮，卻長著一副典型的斯拉夫人的寬臉，與西歐人種有明顯的區別。他四歲左右，已有六七歲的個頭，精力極其充沛，活像俄羅斯民間傳說裡的小大力士。為了轉移爸爸的注意力，薩沙用沙發墊向他前後左右，連連開弓。尤利終於招架不住，只好又返回陽臺。

觥籌交錯之間，天色向晚。晚風把凋謝的蘋果花紛紛吹落，好像繁星從夜空墜落。水酒往杯裡不停地倒，果蠅往酒裡不停地掉，庭院深處娜塔莎唱起一支憂傷的俄羅斯民歌，其他的女賓也輕輕隨聲伴唱，尤利則端上奶油攪拌的藍莓、黑莓和草莓的漿果沙拉。這一切就如同在屠格涅夫筆下的俄國莊園，至少像是在莫斯科近郊的傍晚。而幾乎無人記起，這其實是在美國的都市。

（2012年）

洋人婆婆
「人是衣裳馬是鞍」，侍者對她婆媳倆畢恭畢敬。那飯菜的好壞還在其次，可排場是首要的。

洋人婆婆—中西文化差別之一

一國有一國的禮，英國算是禮數較多的國家，而文敏的婆婆恰好是英國人。在公公去世以後，婆婆一直與長子大衛居住紐約。大衛是小一號百萬富翁，次子喬則在中西部鄉間行醫，是文敏的先生。在科羅拉多的洛基山上，大衛買下棟別墅，冬天去那邊滑雪度假，老太太因不適應高山反應，所以屈尊來與喬、文敏一家過年。

幾年前喬帶全家去東部時，文敏曾拜見過婆婆。在她那極體面的老人公寓裡，午餐的飲料包括香檳酒，電梯、走廊裡都有人伺候。然而，那回與這次，有賓主的區別。知其母莫如其子，喬早早將絨衣換成毛衣，球鞋換成皮鞋，又勸文敏用裙服代替了牛仔褲。兩口子把房子收拾得一塵不染，連餐具都擦得光可鑒人，畢恭畢敬地等候老太太的光臨。

老太太由頭等艙走出，冰青的羊毛衫，雪灰的拉毛披肩，銀光爍爍的首飾，在周圍不修邊幅的旅客的襯托下，顯得格外地亮眼。她一開口，雖是「你好」、「謝謝」之類的短語，已明白無誤地表明瞭自己的身份。文敏不由想起肖伯納的一句名言：「英國人只要一張口，就會彼此討厭」。他指的是口音代表等級，而地位懸殊的人之間很難相處。好在肖翁生活在百年前的不列顛，如今的美國，儘管也有勢利眼，想來不必像從前的大英帝國那樣不遮不掩？

驅車回家，喬忙不迭地沏茶，文敏用託盤為婆婆敬上桃酥。老太太按照英國的習慣，飲用午後茶點。她一邊細嚼慢嚥著點心，一邊點頭贊許：「味道還不錯」。文敏接過話：「這是從Walmart（大眾連鎖店）買來的」。老太太聽後，輕輕「噢」了一聲，放下了桃酥。喬遂向文敏使眼色，怪她多嘴，文敏全然不理會，繼續給家人供茶點。

這時，六歲的迪迪放學歸來，進門就大呼：「奶奶！」，奔過去給老太太一個小熊式的擁抱和清脆響亮的親吻。那次喬一家去紐約，文敏料想婆婆多禮，靈機一動，臨時給迪迪買了只紅蝴蝶領結，喬看著好笑，可在老太太那兒極得臉。從此，迪迪在奶奶眼裡不但是討人喜歡的「小靚仔」，而且是穿著得體、懂得時尚的「少年紳士」，每逢年過節，總少不了送過來禮物和支票。

趁他婆孫倆正親熱，文敏去準備晚飯。婆婆雖說身輕如鳥，且食量如鳥，但晚餐還是要正正規規的。文敏鋪上白桌布，擺好銀餐具，搭配了雪花圖案的餐巾，又將吊燈撚暗，檯燈撚亮，造成一種燭光氣氛。喬則過來布生菜沙拉，往高腳杯裡斟紅酒。請婆婆入席後，文敏方才端出燉了三小時的滷牛肉，並加上青豆和土豆泥作為邊菜和點綴。為了不讓迪迪亂用刀叉丟人現眼，喬預先替他把牛肉切成小塊。僅有一次，小傢伙滿嘴甜食卻忍不住要插話，被文敏捅了兩下給止住了。總之，一頓晚餐還算進行得順利。

晚餐後，喬馬上燃起壁爐，柔柔的火光使客廳溫暖宜人。老太太坐在壁爐邊的安樂椅上，飲她的小半盅珀特，那是一種專門為晚餐後備用的葡萄牙甜酒。幽幽的地燈，在牆上投射出她線條優美的的側影，看去好像一幅古典的浮雕。這恐怕連迪迪都覺察到了，他鑽進壁櫥翻出攝像機，嚷嚷著要給奶奶照相，文敏聞訊立即由廚房奔進臥室更衣。她拉開衣櫃，面對著一打子中西裙服而無從下手，虧著喬進來參謀，幫她選了一件旗袍。這旗袍雖是錦緞，卻不張揚，惟在燈下擺動腰身，藕荷的底色才隱現出細緻的彩鳳花紋。文敏取出一套中國南珠，耳環、項鍊、手鐲、戒指，珠光瑩瑩地很耐看，不像老美店裡的珍珠，太圓太大，總有充假之嫌。她自拿不定主意，因問喬：「你看穿這副行頭，像不像個戲子？」喬笑答：「人生如戲嘛！」英語一詞多義，文敏哪有功夫細琢磨這「戲」究竟是「演戲」，還是「遊戲」？等她裝扮之下見婆婆，老太太神兒一愣，反推辭起來：「我太累了，今晚不要折騰了」，又喃喃地：「到這鄉下沒有應酬，我也沒帶什麼好衣裳來。在紐約……」文敏沖喬一笑，料不到這還真應了一位老華僑的經驗之談：「如果洋人跟你擺譜，你也就跟他擺譜，這叫做禮尚往來」。

喬對老母的「擺譜」習以為常，上回卻對老兄大衛的態度十分惱火。去年秋後，喬從園子裡撿出上好的紅土豆，洗乾淨後寄給大衛家一麻袋。而據老母透露，大衛派工友取回後就擱在庫房裡，直到發霉變爛。文敏聽了不但不氣，倒引起一通反思。當年她家在北京，父母是幹部，農村的叔嬸年年送來幹棗和核桃、瓜子。她心想這些東西，在城裡商店裡有的是，比老家捎來的可乾淨多啦。直到文革後回鄉，眼見著叔嬸打棗，一粒粒仔細撿起，平時都捨不得吃，親友來時才捧出來待客……又記得，她當初總能一耳朵就聽出誰是從外地來的，普通話說得再地道也其中有詐！更甭提少數民族的吃喝穿戴了……而曾幾何時，文敏不但成了鄉下的叔嬸，更成了美國的「老蒙」、「老藏」……人同此情，心同此理，最好有點自知之明。

老太太每天十點起床，先抽一支煙，再喝一杯茶，然後洗個盆浴，然後化了妝才見人，不化妝絕不肯見人；而化妝之後的八十老人，就像剛從加勒比海消夏歸來。然後她用全脂牛奶沖麥片，然後看肥皂劇，然後午睡，午睡後再吸一支煙，換上盛裝，這才坐在壁爐邊小飲她的西班牙雪利酒，靜候晚餐。來而不往非禮也，為了不落下個「邋遢」的話把兒，文敏每天傍晚把晚飯做好以後，也換上套晚禮服奉陪，起初還覺得有點不倫，不料幾天下來竟進入角色，也不知是跟小孩玩遊戲呢，還是習慣成自然了。而婆婆總是一本正經，一絲不苟的。

今冬天氣惡劣，風雪連綿，一家人想出去也沒轍。老太太少了舞會、聚餐等等如常的社交，逐漸煩躁不安起來：「再這樣待下去，我可真得癱瘓了！」喬勸慰：「媽，您在家裡也可以活動活動手腳嘛……」話音未落，老太太沒好氣地：「我還不是老太婆呢，你是想讓我坐輪椅?!」說到輪椅，喬真為老太太備了一把，還專門請人沿樓梯安了扶手，可這些話哪敢提！好在趕上迪迪跑過來，請奶奶彈鋼琴，老太太忿忿地摔門走開了。不一會兒，樓下飄來婆孫的四手聯彈「寧靜的夜」。那聖誕樂曲在小樓裡回蕩，一場小風波方告平歇。

終於，喬冒著風雪帶全家出去吃法國大菜。飯菜的優劣還在其次，首要的是排場。婆婆著一身深駝色喀什米連衣裙，大紅呢絨斗篷，金光閃亮的義大利精工首飾，一派節日的氣象。文敏本抖出件深藍絲絨洋服，但嫌不夠喜慶，最後揀了條米色挑花軟緞旗袍，配一隻白金碎鑽手鏈，好似一根柔軟的絲帶，松松地系在腕間。婆媳倆一步入餐廳，侍者立即聽候調令。果然「人是衣裳馬是鞍」，婆婆總算舒坦下來。

耶誕節時，文敏送給婆婆一件黑色織錦的中式對襟外套，這款式近年來在洋人中蠻流行。換個樣是新鮮，老人笑得合不攏嘴。婆婆贈文敏一隻鍍金提包。文敏覺出禮物貴重，有點不好意思。老太太卻說：「兒媳婦，別客氣，我還指著妳照顧喬他們爺倆吶！」

節後，喬一家送別老人。老太太邁著她那有派頭的步態消失在機艙盡頭。文敏禁不住暢想，多年後，自己也媳婦熬成婆，不知在媳婦眼裡，自己這個婆，會是何等做派，何等模樣？

（1999年）

望子成龍
文敏望著這鋪天蓋地的恐龍，想起了「望子成龍」，不由得撲哧一笑。

望子成龍—中西文化差別之二

但凡能混到美國來的中國人，大都在國內是人五人六。到了美國以後，出於這種或那種原因，懷才不遇。久而久之，便把那成龍成鳳的心思，漸漸移到子女身上，文敏自然也不能免俗。俗上加俗卻是，她拿兒子迪迪跟這裡其他的中國孩子比，恨鐵不成鋼。俗話說：「人比人，氣死人」。

這可一點不假。

先看看老朋友林晨，原先是醫學院留校搞基礎的，來美後被藥廠雇傭，不出幾年，又改行作保險公司的代理，錢既掙得多些，工作也較輕省。出奇的是她的兒子大衛，年方五歲，已參加全美兒童鋼琴大賽，榮獲亞軍。林晨家裡展覽著大衛的獎盃獎牌，用不著她跟別人饒舌。

再瞧瞧同學黃山，拿了兩個洋人的Ph.D.，從南到北由西向東換了半打子單位，好歹在一個不大不小的學校裡落腳，不光是因為校方提供了課題基金，也不光是因為校方終於給了他個終身教職，更因為寶貝托尼被當地一所培養神童的私立學校錄取。為了繳付托尼的學費，黃山的妻子放棄頗有前程的畫家專業當上會計，一家人還退掉洋房住進公寓。當然，托尼享受著第一流的教育，每三個學生就有一個老師專門輔導，不滿七歲的他，現已超過小學畢業生的水準。

至於學兄彭南，文理通才，在國內改革開放之初，堪稱國士無雙。彭先生雖年過半百，老當益壯，白天用數學方程作經濟模型，企圖解決全球性的宏觀理論，夜晚則嘔心瀝血給中國領導進「萬言書」，為祖國的現代化出謀劃策。不管是「寄意寒星荃不察」，還是泥牛入海無消息，彭先生不改報國和為科學獻身的初衷。所幸的是彭家的千金個個爭氣：老大高考全州第一，領全額獎學金進入東部的長春藤學校，一畢業馬上被微軟公司高薪聘用；老二小小年紀就得了知名的「西屋科學獎」，剛上初中即被大學破格錄取。就連不計較名利得失的彭先生，有時也感慨系之。

「別眼睛老盯著精英的後代」，文敏勸慰自己。可環視原先校園裡的中國同事和華人社區的熟人，哪家的孩子不得全優？哪個不上重點學校？且不說時有誰誰誰拿下「總統獎學金」的傳聞。水漲船高呀。

相比之下，文敏的兒子迪迪既不用功又淘氣，是個十足的頑童。要說這迪迪不爭氣，倒也事出有因。他媽咪雖屬華夏民族，他爹喬可是英國血統，這起碼把炎黃子孫勤勞刻苦聰明能幹的優良基因稀釋了一半。再加上文敏在國人裡算不得人尖之尖，那迪迪又不知損失掉多少好基因。

其實迪迪並不傻，只是腦袋瓜沒用在正經地方。他幾個月的時候，文敏聽見臥室裡有響動，生怕他從小床上跌下來，跑進屋查看。只見他安安靜靜地躺在那兒，紋絲不動。文敏還不放心，走到跟前仔細打量，卻見他眼皮閉得倍緊，裝得特別賣勁。文敏微微一笑，把屋門敞開。迪迪知道沒了戲，這才歡心呼呼睡去。

當他一歲左右，喬和文敏進「麥當勞」吃飯。店裡放著鄉村歌曲，又夾著顧客的喧嘩，這可惹惱了睡在手提搖籃裡的迪迪。他扯開喉嚨大哭，乾哭無淚，聲音之大，驚動四座。文敏料想他要換尿片，抱他進盥洗室。旋即有兩位見義勇為的老太婆跟將進來，探頭探腦，大有伺機拯救受虐兒童、興師問罪的架勢。眼見到分明無事，她們掃興地宣判：「這孩子是不痛快」，這才打了退堂鼓。至此，喬兩口子認定迪迪是累了，「小娃娃一睏就哭，可大人還得吃飯，」喬用過來人的口氣說。他們開出好幾里後，總算找到一間清靜的海鮮店，還沒進門就香氣撲鼻。在柔光的餐桌邊，迪迪端坐在專門為嬰兒備用的高椅上，十分持重，自始至終地表現良好，賓至如歸。

迪迪兩歲時進入托兒所。耶誕節到了，老師花了不止一周的時間，教小朋友們學唱「小星星亮晶晶，」然後在晚會上領他們登臺表演。正當幾個小孩擺好架式，即將開演之際，迪迪突然跨一步向前，衝著觀眾席裡上百名的爸爸媽媽爺爺奶奶呼喊：「我媽咪在哪兒?我要找媽咪！」登時全場歡聲鵲起。會後，文敏忙不迭地向老師道歉。老師倒一點都不在乎：「沒事沒事，晚會就是讓大家圖個樂子！」

同期，一次文敏帶他去公園，她把車停在車場，然後到車箱裡找飲料。不料，車順著略有坡度的停車位緩緩向後移動起來，文敏嚇破了膽，以百米衝刺的速度撲向車門。隔著車窗，瞅見迪迪挪動車擋，摸這按那，如魚得水。文敏急忙拔出車鑰匙，衝著迪迪的小手「啪啪」就是兩下。他不但沒哭，反而兩眼帶笑，好像旗開得勝。

迪迪不到三歲時，他的外公外婆從中國來探望。某天，一家子進飯館，就跟他自己以前得戴圍嘴一樣，迪迪替外公在胸前圍上餐巾，一口一口地給外公餵飯。外公樂得合不攏嘴，迪迪則趁機當了一回「大人」，提高了地位，十分風光。

他四歲那年，全家外出旅遊。在肯塔基的鐘乳石岩洞裡，講解員不厭其煩地講解洞裡的飛禽走獸微生物，聽眾們聽得膩味，直打哈欠。冷不丁，迪迪由洞底高聲提問：「對不起，這裡頭有沒有怪物，像恐龍什麼的？」遊客們哈哈大笑，精神為之一爽。

那年秋，文敏帶他回中國探親。在一家繁華商城擁擠的自動扶梯上，迪迪神不知鬼不覺地觸動某個鍵鈕，一瞬間，扶梯懸在半空中。顧客們先驚恐後憤怒，「這是怎麼回事？」（「誰是罪魁禍首？！」）他姨父不得不挺身而出，替小傢伙辯護：「這孩子從美國來，不懂得咱中國的規矩」。眾人聽了，倒也消了氣。迪迪雖然不懂中國話，卻似乎從這樁小事上悟出道理。幾天後，友人邀文敏觀光，因為轎車較擠，文敏讓迪迪坐在她腿上。經過員警的崗樓時，文敏示意迪迪低低頭回避一下。迪迪不樂意了，揚起頭來爭執：「這員警是為中國人設的，管不了我這個美國人！」文敏一聽氣炸了肺：「你這小子不知天高地厚，眼睛裡還有沒有祖宗了？」可在公共場合又不便發作，且擔心事情會越抹越黑，只好暫時咽下這口氣。

迪迪上小學以後，半年過去了，倒還平安無事。那天，他坐在沙發上看衛視，是有關大棕熊怎樣排卵受精懷孕生育的動物節目。看著看著，迪迪好奇地問喬：「爹，人也是這樣來的嗎？」喬點點頭，這讓迪迪很失望。「呦，真噁心！你沒騙我吧，爹？」迪迪用他褐色的杏核眼巴巴地望著喬藍色的圓眼，有點不甘心，可喬只有聳聳肩表示同情。

偏偏幾天以後，同學吉娜在班上吹噓她是怎麼到這世界上來的：「上帝把我的靈魂裝到一個小瓶子裡，然後又把小瓶子裝到我媽媽的肚子裡，然後我媽媽就把我生出來了。」同學們覺得挺神，都豎起耳朵，將信將疑。吉娜為增強效果，又添枝加葉：「我當時還看見小天使滿天飛呢！」迪迪忍不住插嘴：「現在小天使在哪兒呢？」吉娜一時噎住，逗得旁邊的肯尼咕咕直樂。他把兩手插進胳肢窩，兩臂像翅膀一樣扇乎著：「你們瞧，小天使就在這兒呢！」吉娜氣得淚眼汪汪：「神父說了，不信上帝的人，進不了天堂！」同學們嘻笑著一哄而散。

回家後，迪迪眉飛色舞，向媽咪報告吉娜吹牛皮，出了一個大洋相。文敏聽完卻笑不出來。且說她所在的鄉村社區，大多數居民進教堂作禮拜，鼓勵孩子念聖經，相當保守。像文敏家一樣不持正統觀念的占少數，加上文敏祖籍中國，方圓幾十裡絕無僅有，所以夫婦倆在社區裡一貫保持低姿態，不願惹事生非。沒想到迪迪是哪壺不開提哪壺，專捅馬蜂窩。文敏思來想去，唯一的辦法是搬請喬，叫他搖身一變變成個托塔李天王，無論如何把這鬧海的那吒給鎮壓下去。

兩口子經過一番磋商，決定先由喬充當紅臉。他用柳條抽了一通迪迪的屁板，聲色俱厲：「我揍你是為你好！你要再多嘴多舌胡說八道，小心哪個昏了頭的教徒拿槍把你崩了！」然後，由文敏扮白臉：「迪迪，別動不動就攪進和教會有關的爭論裡去。誰創造的世界？為什麼有地球有太陽有黑洞有宇宙大爆炸？愛因斯坦也沒說清楚。再說，你願意別人把他們的意見，強加在你頭上來嗎？」小傢伙儘管不服氣，可好漢不吃眼前虧，不再嘴硬。

轉眼間，迪迪上了二年級，樹欲靜而風不止。課間休息時，小胖子泰德在走廊裡衝著迪迪嚷嚷：「Chinaboy，Chinaboy！」在西方，Chinaboy意味著小眯眼，大板牙，沒准還戴一副老式可樂瓶底的厚眼鏡。迪迪當然不買帳：「我是美國人！」泰德不鬆口：「反正你跟我們不一樣！」說完，還用手指把兩眼勒成吊眼，哇啦哇啦地怪叫，假裝說中國話，有些圍觀的小孩也跟著起哄。這回，迪迪眼珠轉了轉：「我要不是美國人，那你就更不是了！」泰德急了：「怎麼著？」迪迪樂了：「這塊地方，是白人從印地安人手裡槍來的！」泰德一聽傻眼，仗著個兒大要上手。這時老師聞聲趕到，把他倆勸開了。事後兩人都被召到校長室遭了一通訓斥，不分青紅皂白，「各打五十大板」。

儘管校長的處理不公，文敏倒也沒覺出特別的委屈，因為她爹當初在國內「戴帽」，她的童年和青少年都是在受人歧視中過來的。然而，文敏仍擔心這事會在迪迪心上留下陰影，就試著給他指出光明面：「美國是個大熔爐呀，全世界各地的人都跑到這裏來謀生。等你長大到大地方去，人們見多識廣，眼界自會開闊」。話雖如此，文敏卻自覺底氣不足。還是喬想得開，對她勸慰：「迪迪這孩子個性強，不會吃虧的。再說早點打預防針，也沒有什麼壞處。」「打預防針？吃了一巴掌，以後挨拳頭就不疼了？」文敏忿忿地。不料，沒過幾天，還沒等文敏緩過勁來，泰德和迪迪又玩到一起去了。原來他倆同被選入快班，雖然在班上時有競爭，然而，當朋友的時候總要比當對手的時候多。他們不過是八九歲的孩子嘛。

不久，全國摸底測驗的結果出來了，迪迪的成績不是百裡挑一，充其量只算個頭「百分之五」。可是地處農村的縣城學校，把他當成寶貝，馬上送來了附近大學「天才班」的報名表。「山中無老虎，猴子稱大王，」文敏歎道。攤開報名的目錄，除了數理化天文地理之外，還有法語戲劇新聞等等，而迪迪偏偏挑上個「古生物—恐龍。」「酷！」好像由他一錘子定音似的。沒想到，喬也跟著推波助瀾，「既然小傢伙喜歡這個，學起來必然帶勁！」文敏本有意鼓吹兩下「學了數理化，走遍天下都不怕」的老套子，一轉念，沒准這在中國也不時興了，索性從善如流。

自從上了「恐龍班」，迪迪確實比以前收心，畫恐龍畫，做恐龍模型，上網找恐龍資料，寫恐龍課題報告，煞有介事。文敏看著迪迪屋裡鋪天蓋地的恐龍招貼，書架上的恐龍化石，窗臺上的恐龍蛋（假的），想起了「望子成龍」的成語，不由得噗哧一笑。不過她留了一手，沒跟喬和迪迪交這「龍」的底，一來不願成為喬的笑料，更不想讓迪迪得臉，忘乎所以。

（2001年）

寵物
按說貓狗勢不兩立，可咪咪與敦敦卻和平共處，相安無事。

寵物——吹貓談狗

家狗黃黃近患眼疾，左目渾濁，呈毛玻璃狀；因視力衰退，為狗日漸遲疑、萎頓。喬帶它去看獸醫，診斷為左眼腫物，性質有待活檢。黃黃今年十七，相當於人類一百一十九，眾人考慮如果病理報告是惡性，便不讓它繼續受罪。

黃黃住院手術之後，喬念及它跟隨我家十五年，如同親人。無論白天黑夜，搖頭擺尾在門前迎候，風雨無阻，勝於子女；且有禮貌，善解人意，一身黃毛像留「當印兒」似地從前向後一分為二，好像它前世為一溫良君子。如今雖成獨眼，以前也曾是只手舞足蹈惹人疼愛的小狗。於是全家改變主意，即便檢查結果不好，仍讓大夫做大部根除手術，好死不如歹活。

恰逢其時，有人獻喬一幼犬，方九周，褐毛金眼，據稱是有家世的奧地利牧羊狗。此狗雖小，但很瓷實，故取名敦敦，無意中成為黃黃的接班人。

家貓咪咪，是半年前自己上門的。春天喬與文敏散步時，她從林中步出，喵喵叫，尾隨至家，當時還不足一掌長。咪咪身披棕紅黑紋外套，內著開襟白毛衣。她要麼在陽臺上日光下梳洗打扮，要麼就蜷作一團兒終日昏睡。你若打料她，她睜開半隻睡眼：「有事嗎？」而當她一覺醒來，就用那雙好奇的綠眼刺探你，和估量周圍的世界。天擦黑，她便一溜煙消失，趁夜色獨步。她有時還成心擋在門口，來回踱步，儘管沒違抗指令直接進屋，卻流露出消極反抗的意識。可平心而論，咪咪雖不離她傲慢、孤芳自賞、好操縱晴雨的本性，然而作為貓，也算是夠和人的啦。她會在你的褲腳邊磨蹭，她會圍著食盤唱歌，她會躍上喬的肩頭，觀望他往鍋爐裡添火，之後臥在他的膝頭安然打呼嚕。

卻說小狗歸家，喬將它引見給咪咪，不料貓狗勢不兩立（敦敦不如黃黃禮讓），咪咪在驚恐之餘，反咬喬一口。喬大怒，踢出一腳，咪咪在空中打了一個半圈兒，後腦著地。咪咪從此被打入冷宮，只得普通的貓食，剝奪了罐頭肉的待遇，至今還在閉門思過。

所幸在手術中發現，黃黃的腫瘤是限局性的，沒有鋟潤到包膜；後來病理結果回來，也證明腫物屬良性。黃黃恢復得很快，雖然食欲趕不上敦敦，但爺兒倆前後腳兒送往迎來，奔走跳躍，倒也歡實。

貓狗同人一樣，也有生老病死，但願它們與我們，相處得比較長久。兩年後，黃黃過世。喬把它埋在屋前的花園裡，上面種了一株日本楓樹。因地勢好，小樹欣欣向榮，似黃黃又得新生。而咪咪跟敦敦已和平共處。

（2009）

尋根英倫

威廉本是法國諾曼第公爵的私生子，于1066年引兵渡海，入主英倫。這是英倫最後一次被異族征服，前一次的征服者是大約一千年前的羅馬帝國。

尋根英倫—那另一半家史

不管怎麼說，迪迪的家世都比較複雜。

單從父系講起，這就得追溯到征服者威廉。威廉原是法國北部諾曼第公爵的私生子，後來繼承了他父親的爵位。這些諾曼第人本為北歐維京海盜的後裔，尚武而且善於航海。可威廉的眼界遠不止於公爵，於1066年引兵渡海，擊敗了英王哈樂德，登上了英國王位。這是歷史上英倫三島最後一次被外國征服，前一次的征服者是大約一千年前的羅馬帝國。當威廉征服了英倫以後，就把隨同他的狐朋狗黨紛紛賞地封侯，來統治當地的土著盎格魯撒克遜人。在這幫佔領了英倫的諾曼第人裡面，迪迪的遠祖不是顯貴，倒也成了貴族。直到十六世紀的亨利八世時代，這個博林家族變得野心勃勃。他們利用原有的法國關係，把聰明姣好的女兒安妮送到法國宮廷去受教育，有待他日返回英倫，好在宮廷裡直上青雲。

安妮身姿裊娜娉婷，脖頸細長，髮烏黑，眼黝亮，配上豐滿的朱唇和嬌巧的下頷，顯得性感十足。在法國的宮廷裏，她不但受到妝扮、禮儀、音樂、舞蹈、刺繡、烹飪等傳統的淑女教育，還學習算數、語法、歷史和寫作，同時擅長棋藝、射獵、馬術和馴鷹。自然，這等教養有別於一般的大家名媛。而置身於法國上流社會，又使她精於時尚和深得宮廷之道。於是，這位風情萬種、工於心計，作派新潮的靚女，回國以後，在朝野鶴立雞群，人人矚目。

英王亨利八世身材偉岸，碧眼紅髮，英武超群。當初亨利娶了他喪夫的嫂子卡薩琳，不幸這位西班牙公主遲遲不能為他生子，以繼承王位，使得亨利起了休妻之心。安妮年輕漂亮，博林家族遂趁虛而入，慫恿做宮廷女官的她取而代之。在那風起雲湧的文藝復興時代，亨利不儘多才多藝，更胸懷大志，他對彈丸小國英倫的國際地位有著全新的戰略考慮：那時英倫在梵蒂岡天主教教廷的掌控之下，亨利對此於心不甘，躍躍欲試地想擺脫梵蒂岡的遙控，爭得宗教、財政和政治上的自主權。無獨有偶的是，安妮不但有主見，有決斷，能言善辯，在英法兩國的宮廷都有參與過外交事務的經驗，而且受到反叛天主教教廷思潮的影響，與新教的知識份子們聯繫廣泛。所以，除了她的才能與美貌以外，安妮大膽開放的新教思想，也對亨利有格外的魅力。傳說安妮右手天生六指，需用長袖來掩飾；當年亨利對她窮追不捨時，曾為她寫情詩「綠袖」，並配樂以獻之。作為情侶，亨利與安妮可稱得上是天作之合。但是，天主教禁止離婚，況且，休了卡薩琳就等於得罪下當時的超級大國西班牙，就意味著英倫與天主教決裂，而與奉信新教的瑞典、丹麥和德意志一些無足掛齒小公國為伍。其實這對亨利反而是歪打正著。一意孤行的他頂住國內外的壓力，強行離了婚，結果被天主教教廷革出教門。如此這般，一箭雙雕，既使得英倫在內政外交上，無須再仰梵蒂岡的鼻息，亨利還可以另娶安妮，立為王后，以期得子。

然而，博林家族如日中天的家運，好景不長。安妮未能如願替亨利產子，亨利惱羞成怒，遂給安妮編派了同奸、亂倫等罪名，推上了斷頭臺。如今在倫敦的大英博物館和世界各國博物館的兵器部，均可見亨利青壯年時全身披掛的盔甲，只是身手矯健的他，後來逐漸變得肥胖臃腫。卻說將安妮斬首之後，亨利又連娶四室，雖其間得一子而早夭。最後，乃安妮的女兒伊莉莎白一世繼承王位，開創了英倫的海上霸權，人稱島國的黃金時代。但博林家族卻由於安妮得福又遭禍，不得不夾起尾巴做人，把法蘭斯姓氏博林改為英倫姓氏包倫，得以苟且。這便是迪迪父系家族在亨利刀下的存活史。

往後，包倫家族再沒有出過像安妮那樣轟轟烈烈上史書的大人物，只是隱姓埋名地，先在鄉下作紳士，後來進城作廠主，倒也體現了英國由農業向工業的社會轉型。總之，到了近代，二戰以後，英帝國衰敗，迪迪的爺爺博狄成為一家美國公司在英國的總經理，隨後又被調往美國的總部，於是他舉家遷美。而絕非偶然地，迪迪的爺爺和奶奶在生前，他爸爸和伯伯到現在，依然都是英王子民。「爺爺給孫子打工，也是不得已呀。」

博狄留給子孫的家訓是：千萬不能給人家當差，一定要自己做主。因此，他的長子大衛開了公司，成為相當成功的老闆；次子喬走上專業道路，同樣地不依附任何學院或者醫院，自己獨立開業行醫，以此來維護英倫特立獨行的島國精神。

至於英倫國民的特立獨行，他們對法治的刻意追求，這些都同他們的老祖宗不斷地跟當權者爭權鬥法是分不開的。早在八百年前，英倫就有了「大憲章」（Magna Carta），這是一部強調法制和公民權利的基本憲法，闡明了任何人甚至包括國王在內，都不能在法律之上，因而為日後的議會民主開拓了道路。一二一五年，英王約翰在民眾的壓力下，被迫簽署了這個具有憲法意義的合約。「大憲章」保障貴族、騎士、市民、自由農民的政治獨立和經濟利益，保障教會不受君主的控制，因而限制了絕對的王權。它還賦予倫敦及其他城市的自主權，甚至明文規定維護寡婦（包括再嫁與否）的合法權益。這是人類有史以來在法律上首次做如此的規定。「大憲章」日後成為英美和其他英語國家立法的基石。

到了一六四九年，英倫新舊兩派之爭飆高不下，那其實是一百多年前亨利八世挑起的那場新教與天主教鬥爭的繼續。這次新派進一步引經據典，拿出四百多年前的「大憲章」說事。終於，新派領袖克倫威爾揭竿而起，率資產階級革命軍起義，砍掉舊派首領查爾斯一世的頭顱，王權被進一步削弱。後來固然有短暫的王朝復辟，但在一六八八年，新派擁戴英王的女婿奧蘭治親王，由荷蘭入主英倫，發動「光榮革命」，驅逐了代表絕對王權的詹姆斯二世，結束了這半個世紀以來議會與王權的格鬥。從此在英倫，議會掌權，君主成為擺設。

由於英倫有悠久的法治歷史，又尊重傳統，因此它的社會與當時其他歐洲國家比較，相對地公平而穩定。法國大革命前夕，有法國人到英倫旅行，甚至在鄉下所見普通的農家子弟，都營養良好、衣著整齊，和法國民間貧富懸殊、社會動亂的現象形成鮮明對照，故感慨系之。即使三百多年以前，議會當家、王權旁落在英倫已成定局，可是往後在議會裡，新舊兩派仍舊不斷地維繫著權力的平衡。所謂的舊派和新派，到了近代，逐漸演變為保守黨和工黨，還是輪流坐莊，還是進行制衡，不容許對方或個人坐大。試舉一二史實為例：保守黨的丘吉爾領導英倫戰勝納粹德國有功，可有嫌功高震「主」（民主），二戰後馬上被工黨拉下馬；保守黨的「鐵娘子」撒切爾夫人從右翼改革，使低迷多年的英倫經濟復蘇，但黨內人士不許她大權獨攬，遂發動「宮廷政變」，把她攆下臺。

由此可見，英倫國民抑制強權、看重個人和團體權益的概念，古已有之，且深入人心，民眾對此都具有頑強的自我意識。在喬和大衛兩弟兄的青年時代，正趕上越戰。他哥倆不甘心給美國當炮灰，仗著有英國護照的便利，大衛去了南非，喬去了加拿大，有意識地和有效地避開了戰禍。

而迪迪的母親文敏來自中國，她與迪迪的父親喬相識于大學校園。他們都來自異國，都不那麼與美國合拍，所以較容易投合。喬在中西部開了一家地方診所，文敏則甘當家婦，相夫教子。按說美國本是一個大熔爐，白人、黑人、黃人、紅人、混種人，單親、雙親、同性親，見怪本來不怪。怪的是迪迪家隱蔽在田園深處，連遠鄰都是農民，甚至還有保留著中世紀教義和生活方式的阿米斯人。

提起這些阿米斯人，過著近乎與世隔絕的群體生活，不用電，不開車，認為現代化違反他們的基督教教義，並有悖於人類淳樸的天性；他們的母語是德語，英語是外語，一般人的文化程度是小學畢業。而每當他們頭頂黑色寬邊帽，身披黑色大斗篷，駕駛十八世紀的馬車出行，真好像時光倒流，確也是鄉間難見的一景。據說這還是已經確定關係的青年男女，經過特許才讓出來兜風的。喬選擇定居於此，因為他是一個真正的隱士，為人極其低調，一點也看不出他竟是安妮・博林的後裔。

遠離都市，喬同文敏一起種瓜點豆，伐木砍柴，雖非得益于毛澤東的教導，卻也做到了「自己動手，豐衣足食」；加上遠足健身，野營消遣，他們過著「悠哉悠哉的隱士生活」。有次雪後初晴，十來只松鼠同時出現，競相在窗前四五根樹梢上打鞦韆，歡天喜地，有勝迪士尼的卡通片。另一次驅車出門，被尺把長的烏龜堵在路口。也許喬在美國呆久了染上惡習，揚言要回家取槍崩了那土鱉！儘管不信佛，文敏還是勸住喬不要隨便殺生，無非是繞道而行而已。果不其然，幾小時後訪客歸來，那磨磨蹭蹭的老烏龜已經找到歸宿，早就無影無蹤了。

可以說，迪迪有著一個不同常人的家庭背景，生長在不同常人的環境。這環境對人過中年、圖清靜、與世無爭的喬和文敏來，說得上怡然自樂，對迪迪可就另當別論了。即便隱居在幾十英畝的林子、丘陵、田地裡面，空氣清新，鳥語花香；時有野鹿、狸貓、灰鶴和帶翅松鼠的造訪，兼有馬蜂、黃蜂的襲擊，夜半樹林深處還不時傳來黃鼠狼此起彼伏的大合唱，迪迪卻並未由此產生對田園生活的愛好。只要有機會擺脫這「沉悶閉塞的土山溝兒」，無論是國內國外，歐洲亞洲，迪迪總是如魚得水，樂不知返。他爹的親戚多在西歐，因此他一家上歐洲不是去觀光，而是去探親。這原本是迪迪家另一番與眾不同之處，倒也成了一件讓迪迪興高采烈的事情。

今年探親的頭一站，是法國南部尼斯附近的一處別墅，別墅的主人是喬的堂兄尼爾。尼爾是一位律師，已經退休；他父親生前被封爵士，還當過曼徹斯特的市長，因此尼爾在英國社會屬於紳士階層。他的這座別墅，居山臨海，座落在中古時代遺留下來的鄉鎮之間。那典型的地中海式土紅色建築，被雲杉、棕櫚和橄欖樹環抱，別有洞天。池畔花下，水天輝映，尼爾賓主暢飲敘舊，葡萄美酒威士卡，一醉方休。但這醉與不醉，還要看各人的酒量。而迪迪年少，不得飲用烈酒。

尼爾開一部英國車，與國際通用的慣例相反，駕駛座在右方；並且這是一部為保護生態而汽油與電池交替使用的轎車。看著他在法國崎嶇狹窄的山路上，載滿滿一車人行駛，多少有點令人驚心動魄。在鄉村飯館，尼爾用法式大餐為客人們接風，迪迪的小菜叫了蝸牛肉；文敏的主菜叫了生牛扒，此後她每有機會就專點生牛扒，入鄉隨俗。

尼爾高身材，人精瘦，尤其那管羅馬人似的鷹鈎鼻，顯現出他的貴族氣質。他七十多歲了，是位獨身主義者，而作為標準的英國紳士，他總是禮貌周全。尼爾經年累月地漫遊於西歐各地，米蘭的歌劇院、南德華格納的音樂節，各大都市的博物館，是他按季節按節目單輪流出沒的場所。而他對東歐絲毫沒興趣，甚至於無意問津加拿大，且不提遠東和第三世界了。雖然出身英倫上層，尼爾似乎對他的本鄉本土自動疏離，自我流亡。這其中固有一番緣由。

原來尼爾的父親晚年捲人一場醜聞，雖然仍保有爵位，卻被剝奪律師執照，夫人也跟他「劃清界限」，實際上這與身敗名裂相差無幾。其細節家人語焉不詳。總之，歷經了從車水馬龍到門可羅雀的世態炎涼，尼爾超然物外。可這種態度常常不被旁人理解，誤把他那彬彬有禮的友善當成是熱心。注意到文敏在Antibes的畢加索畫廊裡流連忘返，尼爾即驅車帶領喬全家去Vence，參觀馬蒂斯那黃、綠、藍彩色玻璃鑲嵌的教堂。這馬蒂斯晚年的力作，果然是名不虛傳：日光穿越戶外搖曳的樹影，透射過整壁的彩色玻璃，給教堂內部灑下金燦、碧綠、蔚藍的色光。而在一天之中，隨著時辰的推移，或明或暗，光色不停地變幻主題。所以，置身教堂裡的人們，時而像被太陽富麗堂皇的穹窿籠罩，時而像被生機盎然的草木所擁抱，時而則沉浸在浩淼靜謐的水天之中。文敏感念尼爾的善解人意，同時也意識到，他是以審美藝術，來遁世超脫。

喬一家的下一站是曼島，迪迪的一位叔伯爺爺安德魯住在那裏。曼島，那是一個只承認英王為君主卻不受其統治的獨立島嶼，隔一道愛爾蘭海峽，與英倫遙遙相對。曼島自九世紀以來就有議會，存在至今。島上的十位議員每年聚會一次，在山頂的露天議會裡，討論島民的權力與義務。而今的曼島，更成為不少富翁逃稅的安全港，還一年一度地舉行舉世聞名的摩托車大賽。

據喬回憶，他叔父年輕時一雙淺亮的藍眼目光如鑽，人見人有難忘的印象。如今他雖八十以往，依然膚色鮮亮，目力逼人。安德魯喪偶多年，唯一的兒子十七歲便死於車禍，剩下的女兒又遠在紐約的聯合國總部工作。他家裡擺滿了羅丹的雕塑和大清國的五彩瓷缸，房間卻顯得空空蕩蕩。看著喬父子嬉笑打鬧，儘享天倫，安德魯跟喬私下裏「吐槽」：家族的命運就像一架葡萄樹，即使一叉分支枯萎了，老天爺也不介意。老人家贈給喬一隻他多年佩戴的金錶，用這種典型的英國中產階級的方式，試圖轉移他對親子的哀思。然而在英倫，中產以上階層傳統的家教是，不怨天尤人，要自尊自重；尤其男性，在人前輕易流露感情會被視為軟弱。故坊間有傳聞，儲君查爾斯王子年幼時愛哭，在寄宿學校裡經常受欺。從小看到老，查爾斯的這種天性，使其父菲利浦親王對兒子能否達到王室的期許，缺乏信心。話又說回安德魯，在公眾場合裡，他總是談笑風生，精神抖擻，一派硬漢作風。

安德魯帶領喬的家人去當地的酒店，其間擠滿了雄風不再的中年男性，他們是為觀摩摩托車比賽而來的。這些看客常喝得酩酊大醉，睨視著手捧頭盔、全身披掛、金髮披肩的少年騎手，這些沙場上的老將，回想自己的風雲歲月，臉上浮現出複雜的笑容。

此大賽，是一項玩命的遊戲，每年都有數人喪生。當然，來曼島不是為了下酒館，老安德魯為盡東主之誼，義不容辭地頂風冒雨，率眾人前往觀戰。比賽的路線是環島而行，在沿線的要害地段，則搭起看臺，可以居高眺遠。也算是天公作美，終於天開雲散，比賽得以開場。賽手們一個個威風凜凜，活像那當年聖戰出征，去討伐穆斯林、攻取耶路撒冷的十字軍，讓迪迪連連叫好。一輛輛摩托車擦身而過，風馳電掣，觀眾也隨即歡呼雀躍。文敏不由得想起西人尚武：自羅馬帝國起，「他們」就喜歡玩這個，不過這會兒是騎電驢子燒汽油，那陣子是騎馬駕戰車……

在曼島之後，英國本土才是「根」之所在。於是喬一家又橫渡白浪滔天的愛爾蘭海峽，奔赴真正的老家。

喬的表姐蘇住在南部的一個小村莊。由於英倫遭受戰亂極少，小村莊四五百年來基本上保持原狀。所不同的是，從前在石街上過往的是馬車，如今在那磨光了路面上顛簸的是汽車。英倫氣候溫潤多雨，處處綠草如茵，累累花枝在瀟瀟的雨絲中搖顫，美不自勝。可最誘人的景致還是路邊的那一座座鄉間住所，跟文敏兒時在童話書裡所看到的一模一樣，好像隨時都會有小人兒或者小動物從裡面走出。可在迪迪眼裏，它們就像甜點鋪裏訂製的冰淇淋奶油蛋糕！

蘇的老公二十年前跟著一個美國女人遠走高飛，留下女兒和她相依為命。蘇在鎮上的圖書館工作，她女兒在倫敦的一家旅遊公司任職，這是一個地道的尋常百姓家。蘇有一張溫柔的圓臉，不過，那副走形的體態透露了她私生活上的不如意。在蘇的花園裡，她從濃密的綠葉下摘取肥沉的果實待客，每個草莓有半個拳頭大，紅得發紫，其芳香甜美多汁，使迪迪認定那必是仙果，垂涎欲滴。

蘇對附近的威爾斯大教堂最引以為榮，女兒不在家，便由她來做嚮導。那正趕上向晚時分，西下的夕陽以溫暖柔和的光線，透過頂天立地的彩色玻璃窗，把耶穌、聖母和聖徒從天堂請進教堂，滿室通明，遍地華彩；更神妙的是，一隊剛放學的男童穿過繚繞的香火，加入唱詩班，這天使般的歌聲在哥特式的摩天拱頂下繞樑……對此情此景，心旌動搖者又豈止是教徒？但未曾所料，當地人仍念念不忘當年亨利八世怎樣巧取豪奪，以改革的名義，將教堂的財產充公，去擴充海軍。顯然，這英國的改革派與保守派的較量，在五百年後仍塵埃未定。至於威爾斯大教堂及其領地，被一道優美的護城河環繞，內有大小花園重重疊疊，植滿奇花異卉。神父們的書房，前有芬芳玫瑰，後有淙淙流水，這怎能不發人幽思？無怪乎中世紀的學者多隱居在教堂深處。

而蘇的家鄉一帶，可謂地傑人靈，不遠的圓形石林是舉世聞名的文化遺址，與埃及的金字塔齊名，每年到此的遊客達百萬之眾。五六千年前，人們在此舉行宗教儀式，據稱它還有觀測天象和墓葬之用。蘇訴說，她兒時隨父母到此遊玩，可隨意觸摸巨石，甚至能像湯姆斯・哈丁的小說裡德玻家的苔絲一樣，躺在巨石上歇息。可現在，遊客們被拒於杆之外從遠處觀望，並不得已在賣熱狗的小攤販和比比皆是的塑膠模型間穿行，迪迪對此深感失望。

適時，正巧趕上女王伊莉莎白二世登基六十年大典，舉國歡慶。為了躲避倫敦的喧鬧噪雜，尼爾早作出行的安排。可迪迪一家，是來自美國的「土包子」，豈能錯過女王登基大典的盛況？何況有尼爾在倫敦住所的便利。尼爾的宅邸，地處倫敦西北部漢普斯泰德，是一座又高又窄的四層樓房，臨窗可見月光下的白天鵝在湖中夜航。每當尼爾出門在外，女傭的責任，是照看三隻垂暮的老狗。那幾天，喬一家清晨在公園跑步，晚上去劇院看戲，白天則爬五百二十八級臺階，登臨聖保羅教堂塔頂：倫敦塔、倫敦眼、泰晤士河盡收眼底。而女傭遛狗的活計，就包攬在迪迪的身上。

五年前，喬一家曾在倫敦塔內，追尋安妮・博林的斷頭之地。當初《烏托邦》的作者湯瑪斯・莫爾，因堅決反對亨利八世的宗教改革及其與安妮的婚事，觸犯了君主。含諷刺意味的是，他自己連同安妮本人，前後都作為朝廷的要犯被處以極刑，死後被都埋葬在倫敦塔內同一座皇家小教堂裡。那年頭，這小教堂成了專門為「國賊」們所設的收屍之所。

然而這一回，喬帶領一家人溯泰晤士河西行，尋訪漢普頓宮。此離宮當年在亨利八世的寵臣沃西手裡，已初具規模，後來亨利給沃西定罪，將它據為己有，作為他自己與安妮尋歡作樂的行宮。再後來，革命者克倫威爾弒君之後，自己住進宮殿，過起王侯一般的生活。喬一家對帝王將相們的諸多往事，並無格外的興趣。但經講解員的特殊指點，他們在有關亨利早年生涯展館的最後一間幽幽的暗室裡，終於找到安妮的一幀小像。那16世紀的肖像，相當刻板，似未能把這位當年把英倫攪得人仰馬翻的女性的精神風貌帶出。但也許，她並沒有傾國傾城的貌，只如同中國近代的那一、兩位操縱晴雨的女子一樣，有才華，有野心，仗著年輕和有一定姿色，便鑽了空子。而古今中外，即便對歷史人物的評價，也不是男女平權。時至今日，那暗室的高牆上依舊赫然書寫道：「……以微弱的聲音對安妮・博林宣稱：『妳犯下了叛國罪』」。看來這位在英國歷史上知名度僅次於伊莉莎白一世和維多利亞女王的安妮，近五個世紀之後，依舊難以正名。而文敏望著牆上的畫像，又側眼瞅瞅身邊的喬與迪迪，找不出他們有一丁點長得像安妮的痕跡。可如果家人當真好奇，總可以去查對家譜的DNA。這年頭有錢、有心思，啥事辦不到？

當喬一家匆匆趕回倫敦，女王的慶典正進入高潮。只聽禮炮轟響，汽笛長嘯，接著鼓號喧天，全城各教堂鐘鼎齊鳴，一派皇家氣象，但處處安全警戒森嚴。可歎博林家族，五百年前曾曇花一現，做過轉瞬即逝的王親國戚；而後英倫朝代更迭，王室已由原先的都鐸，換成了從德國搬請過來的溫莎。所以，如今的喬一家，與觀禮臺上的貴賓席絕對無緣，只有普通子民湊熱鬧的份兒，只能擠在人山人海裡頭翹首以待。因此，對泰晤士河上的旌旗招展，千帆競發，不過是窺其鳳毛麟趾罷了。

這是自從當初伊莉莎白一世水上遊行以來，數百年來最大的一次，也很可能是歷史上的最後一次了。儘管陰雨連綿，百萬子民的熱情不減，看來昔日帝國的國民都比較懷舊。回想亨利和伊莉莎白父女，從前也鎮壓過「太子黨」，諸多貴族被控「謀反作亂」，被關進倫敦塔，株連九族。平心而論，往昔英倫的那些「太子黨」，不少確實是「裡通外國」，罪有應得的。所謂的「外國」，指的是當年比英倫強大得多的法國與西班牙，但它們終究不是這彈丸島國的敵手，此後英倫竟獨領風騷數百年。按說這都是些陳年往事了，而迪迪回歐洲老家探親時，翻一翻老皇曆，確也算得上他在那裏尋根。

（2012年）

國家圖書館出版品預行編目資料

月之暗面 / 伍月著
--初版-- 臺北市：博客思出版事業網：2015.5
ISBN：978-986-5789-53-4（平裝）

855 104004587

現代文學 20

月之暗面

作　　者：伍月
圖　　文：伍月
編　　輯：張加君
美　　編：林育雯
封面設計：林育雯
出 版 者：博客思出版事業網
發　　行：博客思出版事業網
地　　址：台北市中正區重慶南路1段121號8樓之14
電　　話：(02)2331-1675或(02)2331-1691
傳　　真：(02)2382-6225
E—MAIL：books5w@yahoo.com.tw或books5w@gmail.com
網路書店：http://www.bookstv.com.tw、華文網路書店、三民書局
http://store.pchome.com.tw/yesbooks/
博客來網路書店 http://www.books.com.tw
總 經 銷：成信文化事業股份有限公司
劃撥戶名：蘭臺出版社　帳號：18995335
香港代理：香港聯合零售有限公司
地　　址：香港新界大蒲汀麗路36號中華商務印刷大樓
C&C Building, 36,Ting, Lai, Road, Tai,Po, New,Territories
電　　話：(852)2150-2100　　傳真：(852)2356-0735
總 經 銷：廈門外圖集團有限公司
地　　址：廈門市湖裡區悅華路8號4樓
電　　話：86-592-2230177　　傳 真：86-592-5365089
出版日期：2015年5月 初版
定　　價：新臺幣280元整（平裝）
ISBN：978-986-5789-53-4